MOI ET TOI

DU MÊME AUTEUR

Chez le même éditeur

LA FÊTE DU SIÈCLE, 2011

JE N'AI PAS PEUR, 2012

Niccolò Ammaniti

MOI ET TOI

traduit de l'italien par Myriem Bouzaher

ROBERT LAFFONT

Titre original : IO E TE

ISBN 978-2-221-12583-0
(édition originale : 978-88-06-20680-2, Giulio Einaudi editore s.p.a., Torino)

Pour ma mère et pour mon père.

Dans la vraie nuit de l'âme,
il est éternellement trois heures du matin.

Francis Scott Fitzgerald, *L'Âge du jazz*

But can you save me ?
Come on and save me
If you could save me
From the ranks of the freaks
Who suspect they could never love anyone.

Aimee Mann, *Save me*

Le mimétisme batésien se produit lorsqu'une espèce animale inoffensive exploite sa ressemblance avec une espèce nocive ou venimeuse qui vit sur le même territoire, allant jusqu'à imiter ses motifs, couleurs et comportements. De cette façon, aux yeux des prédateurs, l'espèce imitatrice est associée à l'espèce dangereuse, ce qui augmente ses chances de survie.

Cividale del Friuli
12 janvier 2010

– Café ?

Une serveuse me scrute par-dessus la monture de ses lunettes. À la main, elle a un thermos argenté.

Je lui tends ma tasse. – Oui, merci.

Elle me la remplit à ras bord. – Vous êtes venu pour la foire ?

Je fais signe que non de la tête. – Quelle foire ?

– La foire aux chevaux.

Elle me regarde. Elle s'attend à ce que je lui donne la raison pour laquelle je me trouve à Cividale del Friuli. À la fin, elle sort un bloc-notes. – Vous avez quelle chambre ?

Je lui montre ma clé. – Cent dix-neuf.

Elle marque le numéro. – Si vous voulez encore du café, vous pouvez aller le prendre vous-même au buffet.

– Merci.

– Je vous en prie.

Dès qu'elle s'éloigne, je sors de mon portefeuille un mot plié en quatre. Je l'étale sur la table.

Moi et toi

C'est ma sœur Olivia qui l'a écrit, il y a dix ans, le vingt-quatre février deux mille.

Moi j'avais quatorze ans et elle vingt-trois.

Rome

Dix ans plus tôt

1.

Le soir du dix-huit février deux mille, je suis allé me coucher de bonne heure et je me suis endormi tout de suite, mais pendant la nuit je me suis réveillé et je n'ai pas réussi à retrouver le sommeil.

À six heures et demie, la couette remontée jusqu'au menton, je respirais, bouche ouverte.

La maison était silencieuse. Les seuls bruits qu'on entendait étaient la pluie qui frappait sur les carreaux, ma mère qui marchait à l'étage au-dessus entre la chambre et la salle de bains et l'air qui entrait et sortait de ma trachée.

Bientôt elle viendrait me réveiller pour m'emmener au rendez-vous avec les autres.

J'ai allumé la lampe en forme de grillon posée sur ma table de chevet. La lumière verte a délimité un angle de la pièce où étaient rangés le sac à dos bourré de vêtements, la doudoune, la housse avec les chaussures de ski et les skis.

Entre treize et quatorze ans, j'avais poussé d'un coup, comme si on m'avait nourri à l'engrais, et j'étais devenu plus grand que les camarades de mon âge. Ma mère disait que deux chevaux de trait m'avaient étiré. Je passais beaucoup de temps devant le miroir à observer ma peau blanche couverte de taches de rousseur, les poils sur mes jambes, les cheveux châtains en broussaille d'où pointaient mes oreilles. Les traits de mon visage avaient été remodelés par la puberté et un nez imposant séparait mes yeux verts.

Je me suis levé et j'ai glissé ma main dans la poche du sac à dos placé à côté de la porte.

– Le couteau est là. La lampe aussi. Il y a tout, ai-je dit à voix basse.

Les pas de ma mère dans le couloir. Elle devait avoir ses escarpins bleus à talons hauts.

J'ai plongé dans le lit, éteint la lumière et fait semblant de dormir.

– Lorenzo, réveille-toi. Il est tard.

J'ai levé la tête de mon oreiller et me suis frotté les yeux.

Ma mère a remonté le volet roulant. – Quel sale temps… Espérons qu'à Cortina il fasse meilleur.

La lumière sombre de l'aube dessinait sa silhouette élancée. Elle avait mis le tailleur gris qu'elle portait quand elle faisait des choses importantes.

Un cardigan ras du cou. Son collier de perles. Et ses escarpins bleus à talons hauts.

– Bonjour. J'ai bâillé comme si je venais de me réveiller.

Elle s'est assise sur le bord de mon lit. – Mon trésor, tu as bien dormi ?

– Oui.

– Je vais préparer ton petit déjeuner… Pendant ce temps, fais ta toilette.

– Nihal ?

Elle m'a peigné les cheveux avec ses doigts. – Il dort, à cette heure. Il t'a donné tes T-shirts repassés ?

J'ai fait oui de la tête.

– Allez, lève-toi.

J'aurais voulu le faire, mais un poids sur la poitrine m'étouffait.

– Qu'est-ce qu'il y a ?

Je lui ai pris la main. – Tu m'aimes ?

Elle a souri. – Bien sûr que je t'aime. Elle s'est levée, s'est regardée dans le miroir près de la porte et a lissé sa jupe. – Allez, zou, lève-toi. Même aujourd'hui tu dois te faire prier pour sortir du lit ?

– Un bisou.

Elle s'est penchée sur moi. – Je te signale que tu ne pars pas à l'armée, tu t'en vas une semaine au ski.

Je l'ai enlacée et j'ai enfoui ma figure dans ses cheveux qui lui encadraient le visage et j'ai posé mon nez dans son cou.

Elle sentait bon. Une odeur qui me faisait penser au Maroc. À certaines ruelles très étroites pleines de stands couverts de poudres colorées. Mais je n'étais jamais allé au Maroc.

– C'est quoi comme parfum ?

– Mon savon au santal. Le même que d'habitude.

– Tu peux me le prêter ?

Elle a haussé un sourcil. – Pour quoi faire ?

– Comme ça je me lave avec et je t'ai sur moi.

Elle a rabattu les couvertures. – C'est nouveau, ça ! Parce que tu te laves, maintenant ? Allez, ne fais pas l'idiot, tu n'auras même pas le temps de penser à moi.

Par la fenêtre de la Bmw, j'observais le mur du zoo tapissé d'affiches électorales détrempées. Plus en haut, dans la volière des rapaces, un vautour se tenait sur une branche morte. On aurait dit une vieille en deuil qui dormait sous la pluie.

Le chauffage de la voiture me prenait tout l'air et les biscuits étaient coincés au fond de ma gorge.

La pluie s'arrêtait. Un couple, lui gros et elle maigre, faisait de la gym sur les escaliers couverts de feuilles mouillées du musée d'Art moderne.

J'ai regardé ma mère.

– Qu'est-ce qu'il y a ? a-t-elle dit sans détourner les yeux de la route.

J'ai gonflé ma poitrine en essayant d'imiter la voix grave de mon père : – Arianna, tu devrais la laver plus souvent cette voiture. C'est une porcherie à quatre roues.

Elle n'a pas ri. – Tu as dit au revoir à ton père ?

– Oui.

– Qu'est-ce qu'il t'a dit ?

– De ne pas faire de bêtises et de ne pas skier comme un fou. J'ai marqué une pause. – Et que je ne dois pas t'appeler à tout bout de champ.

– Il a dit ça comme ça ?

– Oui.

Elle a changé de vitesse et a tourné sur la via Flaminia. La ville commençait à se peupler de voitures. – Tu m'appelles quand tu veux. Tu as tout pris ? Ta musique ? Ton portable ?

– Oui.

Le ciel gris pesait sur les toits et entre les antennes.

– Le sac à médicaments, tu l'as pris ? Tu y as mis le thermomètre ?

– Oui.

Un garçon sur un scooter riait, le téléphone glissé sous le casque.

– Ton argent ?

– Oui.

Nous avons traversé le pont sur le Tibre.

– Le reste, je crois qu'on a bien vérifié ensemble hier soir. Tu as tout.

– Oui, j'ai tout.

Nous étions arrêtés au feu rouge. Une femme en Fiat 500 regardait droit devant elle. Sur le trottoir, un vieux traînait derrière lui deux labradors. Un goéland était perché sur le squelette d'un arbre couvert de sacs plastique qui émergeait de l'eau couleur gadoue.

Si Dieu était venu et m'avait demandé si je voulais être ce goéland, je lui aurais répondu oui.

J'ai détaché ma ceinture de sécurité. – Laisse-moi ici.

Elle m'a regardé comme si elle n'avait pas compris. – Comment ça, ici ?

– Oui. Ici.

Le feu était passé au vert.

– Tu t'arrêtes, s'il te plaît.

Mais elle a continué à rouler. Heureusement qu'un camion-poubelle nous ralentissait.

– Maman ! Tu t'arrêtes.

– Remets ta ceinture.

– S'il te plaît, arrête-toi.

– Mais pourquoi ?

– Je veux y arriver tout seul, à ce rendez-vous.

– Je ne comprends pas…

J'ai élevé la voix. – Arrête-toi, s'il te plaît.

Ma mère s'est garée le long du trottoir, elle a éteint le moteur et a tiré ses cheveux en arrière d'une main. – Bon, que se passe-t-il ? Lorenzo, je t'en prie, on ne va pas commencer… Tu le sais qu'à cette heure, je n'ai pas l'esprit très clair.

– C'est que… J'ai serré les poings. – Tous les autres vont venir seuls. Moi, je ne peux pas me présenter avec toi. Je vais être ridicule.

– Bon, si je comprends bien… Elle s'est frotté les yeux. – Donc, il faudrait que je te laisse ici ?

– Oui.

– Et je ne vais même pas remercier les parents d'Alessia ?

J'ai haussé les épaules. – Pas besoin. Je le ferai, moi.

– Il n'en est pas question. Et elle a tourné la clé.

Je me suis jeté sur elle. – Non… Non… S'il te plaît.

Elle m'a repoussé. – S'il te plaît quoi ?

– Laisse-moi y aller tout seul. Je ne peux pas arriver là-bas avec ma maman. Ils vont se moquer de moi.

– Mais c'est stupide… Je veux savoir si tout va bien, si je dois faire quelque chose. Ça me semble le minimum. Je ne suis pas un grossier personnage comme toi.

– Je ne suis pas un grossier personnage. Je suis comme tous les autres.

Elle a mis son clignotant. – Non, c'est impossible.

Je n'avais pas envisagé que ma mère tiendrait tant à m'accompagner.

J'ai senti la rage monter en moi. J'ai commencé à me flanquer des coups sur les cuisses.

– Qu'est-ce qui te prend ?

– Rien. J'ai serré la poignée de la portière jusqu'à m'en faire blanchir les jointures. J'aurais pu arracher le rétroviseur et briser avec la vitre de la fenêtre.

– Pourquoi faut-il toujours que tu fasses l'enfant ?

– C'est toi qui me traites comme un… couillon.

Elle m'a foudroyé du regard. – Ne dis pas de gros mots. Tu sais que je ne le supporte pas. Et il est inutile de faire ce genre de scènes.

J'ai tapé du poing sur le tableau de bord. – Maman, je veux y aller seul, nom d'un chien. La rage me comprimait la gorge. – Bon, puisque c'est comme ça, je n'y vais plus. Tu es contente ?

– Attention, tu sais, je vais me mettre en colère pour de vrai, Lorenzo.

J'avais une dernière carte. – Ils ont tous dit qu'ils viendraient seuls au rendez-vous. Et moi, non, il n'y a que moi qui arriverai avec ma petite maman chérie. C'est pour ça que j'ai des problèmes…

– Ah non hein, tu ne vas pas me faire passer pour celle qui te crée des problèmes.

– Papa a dit que je dois être indépendant. Que je dois avoir ma vie. Que je dois me détacher de toi.

Ma mère a fermé les yeux à demi et a serré ses lèvres fines comme pour s'empêcher de parler. Elle a tourné la tête et a fixé les voitures qui passaient.

– C'est la première fois qu'ils m'invitent... Qu'est-ce qu'ils vont penser de moi ? ai-je poursuivi.

Elle a regardé autour d'elle comme si elle espérait que quelqu'un lui dirait quoi faire.

Je lui ai pressé la main. – Maman, ne t'inquiète pas...

Elle a secoué la tête. – Si. Bien sûr que si, je m'inquiète.

Le bras autour des skis, la housse de chaussures à la main et mon sac à dos sur les épaules, j'ai vu ma mère faire demi-tour. Je l'ai saluée et j'ai attendu jusqu'à ce que la Bmw disparaisse sur le pont.

J'ai pris l'avenue Mazzini. J'ai dépassé l'immeuble de la Rai. À une centaine de mètres de la via Col di Lana, j'ai ralenti, tandis que mon cœur accélérait. J'avais la bouche amère comme si j'avais léché un fil de cuivre. Tous ces vêtements que je portais m'engonçaient. Et dans ma doudoune, c'était un vrai sauna.

Arrivé au croisement, j'ai pointé mon nez à l'angle d'un immeuble.

Au bout de la rue, devant une église moderne, il y avait un gros SUV Mercedes. J'ai vu Alessia Roncato, sa mère, le Sumérien, Oscar Tommasi qui rangeaient les bagages dans le coffre. Une Volvo, skis sur le toit, s'est garée à côté du SUV et Riccardo

Dobosz en est descendu et a couru vers les autres. Peu après le père de Dobosz est descendu lui aussi.

Je me suis reculé contre le mur. J'ai posé mes skis, ai ouvert ma doudoune et me suis penché de nouveau.

Maintenant, la mère d'Alessia et le père de Dobosz fixaient les skis sur le toit de la Mercedes. Le Sumérien sautillait et faisait semblant de boxer Dobosz. Alessia et Oscar Tommasi étaient au téléphone.

Ils ont mis très longtemps à se préparer, la mère d'Alessia grondait sa fille qui ne l'aidait pas, le Sumérien est monté sur le toit de la voiture pour vérifier les skis.

Et ils ont fini par partir.

Pendant le trajet en tram, je me sentais comme un idiot. Avec mes skis et mes chaussures de ski, écrasé au milieu d'employés en costume cravate, de mamans et d'enfants qui allaient à l'école.

Si je fermais les yeux, j'avais l'impression d'être dans une télécabine. Entre Alessia, Oscar Tommasi, Dobosz et le Sumérien. Je pouvais sentir l'odeur du beurre de cacao, des crèmes solaires. On serait descendus de l'œuf en se bousculant et en riant, en parlant fort sans se soucier des autres, comme ceux que ma mère et mon père appelaient les péquenauds. J'aurais pu dire des trucs marrants et les faire rire tandis qu'ils mettaient leurs skis. Faire des imitations, raconter des blagues. Moi, les blagues ne me venaient jamais à l'esprit en public. Il faut être très sûr de soi pour dire des blagues en public.

– Sans humour, la vie est triste, ai-je dit.

– Saintes paroles, a répondu une dame à côté de moi.

Ce truc sur l'humour, c'était mon père qui l'avait dit quand mon cousin Vittorio m'avait jeté à la figure une bouse de vache pendant une balade à la campagne. De rage, j'avais pris une grosse pierre et je l'avais lancée contre un arbre, tandis que ce débile mental de Vittorio se roulait par terre de rire. Même mes parents avaient rigolé.

J'ai chargé mes skis sur l'épaule et suis descendu du tram.

J'ai regardé ma montre. Sept heures cinquante.

Trop tôt pour rentrer à la maison. J'étais sûr de trouver papa qui sortait pour aller au travail.

Je me suis dirigé vers la villa Borghèse, du côté de la vallée près du zoo où les chiens peuvent courir en liberté. Je me suis assis sur un banc, j'ai sorti de mon sac à dos une canette de Coca et j'en ai bu une gorgée.

Mon portable s'est mis à sonner dans ma poche.

J'ai attendu un instant avant de répondre. – Maman…

– Tout va bien ?

– Oui.

– Vous êtes partis ?

– Oui.

– Il y a de la circulation ?

Un dalmatien a jailli devant moi. – Un peu…

– Tu me passes la maman d'Alessia ?

J'ai baissé la voix. – Elle ne peut pas. Elle conduit.

– Alors, je l'appellerai ce soir, comme ça je pourrai la remercier.

Le dalmatien s'est mis à aboyer vers sa maîtresse parce qu'il voulait qu'elle lui lance un bâton.

J'ai posé ma main sur le micro et j'ai couru vers la route.

– D'accord.

– À plus tard.

– D'accord, maman, à plus tard… Mais, tu es où, là ? Qu'est-ce que tu fais ?

– Rien. Je suis au lit. Je voudrais dormir encore un peu.

– Et tu vas sortir quand ?

– Plus tard, j'irai chez ta grand-mère.

– Papa ?

– Il vient de partir.

– Ah… d'accord. Alors ciao.

– Ciao.

Parfait.

Il était là, le Cercopithèque, en train de balayer les feuilles dans la cour.

C'est ainsi que j'appelais Franchino, le gardien de l'immeuble. Il était tout pareil au singe qui vit au Congo. Il avait une tête ronde couverte d'une bande de poils argentés qui lui couronnait la nuque, passait au-dessus de ses oreilles et descendait de part et d'autre de sa mâchoire pour se réunir sur le menton. Un unique sourcil sombre lui barrait le front. Même son allure était particulière. Il marchait un peu voûté, ses longs bras ballants, les paumes tournées vers l'avant et la tête qui dodelinait.

Il était de Soverato, en Calabre, où vivait sa famille. Mais il travaillait dans notre immeuble depuis toujours. Moi je le trouvais sympathique. Mon père et ma mère ne le supportaient pas, ils disaient qu'il se permettait trop de familiarités.

Maintenant, le problème était d'entrer dans l'immeuble sans qu'il me voie.

Franchino était très lent et quand il commençait à balayer la cour, il n'en finissait plus.

Caché derrière un camion garé de l'autre côté de la rue, j'ai sorti mon portable et ai composé le numéro de chez lui.

Le téléphone de l'entresol a sonné. Le Cercopithèque a mis longtemps à l'entendre. Il a fini par lâcher son balai et s'est dirigé vers la loge en se dandinant et je l'ai vu disparaître dans les escaliers qui menaient chez lui.

J'ai attrapé mes skis, mes chaussures et j'ai traversé la rue. J'ai failli passer sous une Ka qui a klaxonné. Derrière, les autres voitures ont pilé, m'ont hurlé des insultes.

Dents serrées, les skis qui glissaient et le sac à dos qui me sciait les épaules, j'ai éteint mon portable et franchi le portail. Je suis passé à côté de la fontaine moussue où vivaient les poissons rouges et j'ai longé le gazon avec les bancs en marbre où on n'avait pas le droit de s'asseoir. La voiture de ma mère était garée à côté de l'auvent de la porte, sous le palmier qu'elle avait fait soigner du charançon rouge, un parasite des palmiers.

Priant pour ne pas me trouver nez à nez avec quelqu'un qui sortait de l'immeuble, je me suis faufilé dans le hall et j'ai couru sur la passerelle rouge, je suis passé à côté de l'ascenseur et me suis élancé dans l'escalier qui menait aux caves.

Quand je suis arrivé en bas, j'étais hors d'haleine. À tâtons, j'ai trouvé l'interrupteur. Deux longs néons se sont allumés, éclairant un couloir étroit et sans fenêtres. Sur un côté, couraient les tuyauteries pour l'eau, sur l'autre une enfilade de portes fermées. Devant la troisième, j'ai glissé la main dans ma poche, j'en ai sorti une longue clé et je l'ai tournée dans la serrure.

La porte s'est ouverte sur une grande pièce rectangulaire. En hauteur, deux lucarnes voilées de poussière laissaient filtrer une bave de lumière qui tombait sur des meubles couverts de bâches, sur des cartons pleins de livres, de casseroles et de vêtements, sur des étagères vermoulues, sur des planches et des portes en bois, sur des lavabos incrustés de calcaire et des piles de chaises paillées. Où que je pose mon regard, il y avait des trucs amoncelés. Un divan à fleurs bleues. Des matelas en laine empilés, couverts de moisissure. Une collection de *Sélection du Reader's Digest* mangée aux mites. Des vieux disques. Des lampes aux abat-jour tordus. Une tête de lit en fer forgé. Des tapis enroulés dans des journaux. Un grand bouledogue en céramique avec une patte cassée.

Une maison des années cinquante entassée dans une cave.

Mais sur le côté, il y avait un matelas avec des couvertures et un oreiller. Sur une table basse, bien rangées, dix boîtes de conserve de viande Simmenthal, vingt de thon, trois paquets de pain de mie, six bocaux de légumes marinés à l'huile, dix bouteilles de Ferrarelle, des jus de fruits et du Coca, un pot de Nutella, deux tubes de mayonnaise, des biscuits, des quatre-heures et deux tablettes de chocolat au lait. Posés sur une caisse, un petit téléviseur, ma PlayStation, trois romans de Stephen King et quelques BD de Marvel.

J'ai refermé la porte.

C'était ça, ma semaine de ski.

2.

J'ai parlé à trois ans et bavarder n'a jamais été mon fort. Si un étranger m'adressait la parole, je répondais oui, non, je ne sais pas. Et s'il insistait, je répondais ce qu'il voulait entendre.

Les choses, une fois qu'on les a pensées, quel besoin y a-t-il de les dire ?

« Lorenzo, toi, t'es comme les plantes grasses, tu pousses sans déranger, une goutte d'eau, un peu de lumière, ça te suffit », me disait une vieille nounou de Caserte.

Pour m'inciter à jouer, mes parents faisaient venir des jeunes filles au pair. Mais moi, je préférais jouer tout seul. Je fermais la porte et j'imaginais que ma chambre était un cube errant dans la désolation de l'espace.

Les problèmes sont arrivés à l'école primaire.

J'ai peu de souvenirs de cette période. Je me rappelle le nom de mes institutrices, les lauriers-roses dans la cour, les plats en inox pleins de macaronis fumants à la cantine. Et les autres.

Les autres, c'est-à-dire tous ceux qui n'étaient pas ma mère, mon père et grand-mère Laura.

Si les autres ne me laissaient pas tranquille, s'ils étaient trop sur mon dos, un fluide rouge montait le long de mes jambes, inondait mon estomac et irradiait jusqu'au bout de mes doigts, alors je fermais les poings et je réagissais.

Quand j'ai poussé Giampaolo Tinari en bas du muret et qu'il est tombé la tête la première sur le ciment et qu'on lui a fait des points de suture sur le front, ils ont appelé à la maison.

Dans la salle des profs, la maîtresse disait à ma mère : – On dirait quelqu'un qui est à la gare et qui attend le train qui le ramènera chez lui. Il ne dérange personne, mais si un de ses camarades l'embête, il hurle, devient rouge de colère et il jette tout ce qui lui tombe sous la main. La maîtresse avait regardé par terre, embarrassée. – Parfois, il fait peur. Je ne sais pas… Moi je vous conseillerais de…

Ma mère m'a emmené chez le professeur Masburger. – Tu verras. Il aide des tas d'enfants.

– Mais combien de temps il faudra que j'y reste ?

– Trois quarts d'heure. Deux fois par semaine. Tu es d'accord ?

– Oui. Ce n'est pas beaucoup, lui ai-je dit.

Si ma mère croyait que cela me ferait devenir

comme les autres, moi ça m'allait bien. Il fallait que tout le monde, maman y compris, pense que j'étais normal.

C'était Nihal qui m'accompagnait. Une secrétaire grasse au parfum de bonbon me faisait entrer dans une pièce au plafond bas et qui puait l'humidité. La fenêtre donnait sur une paroi grise. Aux murs couleur noisette étaient accrochées des vieilles photos de Rome en noir et blanc.

– Mais c'est là qu'on installe tous ceux qui ont des problèmes ? ai-je demandé au professeur Masburger, tandis qu'il m'indiquait un petit lit matelassé avec un tissu de brocart délavé sur lequel m'allonger.

– Bien sûr. Tous. Comme ça tu peux mieux parler.

Parfait. J'allais faire semblant d'être un enfant normal à problèmes. Ça serait simple de le berner. Je savais exactement comment les autres pensaient, ce qu'ils aimaient et ce qu'ils désiraient. Et si ce que je savais ne suffisait pas, ce petit lit sur lequel je m'allongeais me transmettrait, comme un corps chaud qui transmet de la chaleur à un corps froid, les pensées des enfants qui s'y étaient allongés avant moi.

Et c'est ainsi que je lui racontais un autre Lorenzo. Un Lorenzo qui avait honte de parler avec les autres mais qui voulait être comme les autres. J'adorais faire semblant d'aimer les autres.

Quelques semaines après le début de la thérapie, j'ai entendu mes parents parler à mi-voix au salon. Je suis allé dans le bureau. J'ai enlevé des livres de la bibliothèque et j'ai collé mon oreille contre le mur.

– Alors, qu'est-ce qu'il a dit ? demandait papa.

– Il a dit qu'il a un dysfonctionnement narcissique.

– C'est-à-dire ?

– C'est-à-dire que Lorenzo est incapable d'éprouver de l'empathie pour les autres. Pour lui, tout ce qui est en dehors de son cercle affectif n'existe pas, n'éveille rien en lui. Il croit qu'il est spécial et que seules des personnes spéciales comme lui peuvent le comprendre.

– Tu veux savoir ce que j'en pense ? Ce Masburger est un parfait couillon. Je n'ai jamais vu un gamin plus affectueux que notre fils.

– C'est vrai, mais seulement avec nous, Francesco. Lorenzo pense que c'est nous les personnes spéciales et tous les autres, il considère qu'ils ne sont pas à son niveau.

– C'est un snob ? C'est ça que dit le professeur ?

– Il a dit qu'il a l'ego grandiose.

Mon père a éclaté de rire. – Heureusement. Imagine s'il avait un ego miteux. Bon, ça suffit, retirons-le des mains de cet incapable avant qu'il foute vraiment le bordel dans son cerveau. Lorenzo est un enfant normal.

– Lorenzo est un enfant normal, ai-je répété.

Petit à petit, j'ai compris comment me comporter à l'école. Je devais me tenir à l'écart, mais pas trop, sinon on me remarquait.

Je me fondais comme une sardine dans un banc de sardines. Je me mimétisais comme un insecte branche parmi les branchages secs. Et j'ai appris à contrôler ma rage. J'ai découvert que j'avais un réservoir dans l'estomac, et quand il se remplissait, je le vidais par les pieds et ma rage allait finir dans la terre, pénétrait les viscères du monde et se consumait dans le feu éternel.

Désormais, plus personne ne m'embêtait.

Au collège, j'ai été inscrit à Saint Joseph, une école anglaise fréquentée par des enfants de diplomates, d'artistes étrangers amoureux de l'Italie, de managers américains et d'Italiens richissimes qui pouvaient se permettre les frais de pension. Là, ils étaient tous en décalage. Ils parlaient des langues différentes et semblaient en transit. Les filles restaient entre elles, et les garçons jouaient au foot sur un grand terrain face à l'école. Je m'y sentais bien.

Mais mes parents n'étaient pas contents. Je devais avoir des amis.

Le foot était un jeu crétin, des gars qui couraient après un ballon, mais c'était ce qui plaisait aux autres. Si j'apprenais ce jeu, l'affaire serait faite. J'aurais des amis.

Je me suis fait violence et me suis mis dans les buts, là où personne ne voulait aller et j'ai découvert qu'après tout, ce n'était pas si horrible que ça de défendre ma cage des attaques ennemies. Il y avait un certain Angelo Stangoni ; lorsqu'il avait le ballon, personne ne réussissait à le lui reprendre. Il arrivait comme un éclair devant le but et il shootait des boulets de canon. Un jour, il est fauché par un tacle. Penalty. Je me mets au centre de la cage. Il prend son élan.

Moi, je ne suis pas un humain, je me dis, je suis un Gnuzzo, un animal très moche et très agile créé dans un laboratoire d'Ombrie, qui a un seul et unique devoir dans la vie avant de mourir de sa belle mort. Défendre la Terre d'une météorite mortelle.

Et alors Stangoni a tiré super fort, tout droit, à ma gauche et moi j'ai plongé comme seul un Gnuzzo sait le faire, et j'ai tendu les bras et le ballon était là entre mes mains et je l'ai stoppé.

Je me souviens que mes camarades m'embrassaient et que c'était formidable parce qu'ils croyaient que j'étais l'un des leurs.

Ils m'ont intégré à l'équipe. Désormais, j'avais des copains qui m'appelaient à la maison. C'était ma mère qui répondait et elle était tout heureuse de pouvoir dire : « Lorenzo, c'est pour toi. »

Je prétendais que j'allais chez des amis mais en réalité, je me cachais chez grand-mère Laura. Elle habitait dans un penthouse près de chez nous avec Périclès, un vieux basset hound, et Olga, l'aide ménagère russe. Nous passions nos après-midi à jouer à la canasta. Elle, elle buvait des Bloody Mary et moi du jus de tomate avec du sel et du poivre. Nous avions fait un pacte. Elle, elle me couvrait sur l'histoire des amis, et moi je ne disais rien pour les Bloody Mary.

Mais les années collège sont passées rapidement et mon père m'a appelé dans son bureau, il m'a fait asseoir dans un fauteuil et a dit : – Lorenzo, je pense qu'il est temps pour toi d'aller dans un lycée public. Ça suffit avec ces établissements privés de fils à papa. Dis-moi, tu préfères les maths ou l'histoire ?

J'ai jeté un coup d'œil à tous ses gros livres sur l'Égypte antique, sur les Babyloniens, bien rangés dans sa bibliothèque. – L'histoire.

Il m'a donné une tape satisfaite. – Excellent, mon vieux, nous avons les mêmes goûts. Tu verras, la filière littéraire te plaira.

Quand, le premier jour de la rentrée, je suis arrivé devant le lycée public, j'ai failli m'évanouir.

C'était l'enfer sur terre. Il y avait des centaines de jeunes. On se serait cru à l'entrée d'un concert. Quelques-uns étaient beaucoup plus âgés que moi. Certains même avec la barbe. Les filles avec des gros seins. Tous sur des scooters, ou des skates. Ça courait. Ça riait. Ça hurlait. Ça entrait et ça sortait du bar. Un gars a escaladé un arbre pour accrocher le cartable d'une fille à une branche et elle, elle lui lançait des pierres.

L'angoisse me coupait le souffle. Je me suis appuyé contre un mur couvert de graffitis et de dessins.

Pourquoi est-ce que je devais aller au lycée ? Pourquoi le monde fonctionnait-il ainsi ? Vous naissez, vous allez à l'école, vous travaillez et vous mourez. Qui avait décidé que c'était celle-là, la bonne manière de faire ? Ne pouvait-on vivre autrement ? Comme les hommes primitifs ? Comme grand-mère Laura, qui, lorsqu'elle était petite, avait eu école à la maison avec les maîtres qui venaient chez elle. Pourquoi est-ce que je ne pouvais pas en faire autant ? Pourquoi ne me laissait-on pas tranquille ? Pourquoi fallait-il que je sois pareil aux autres ? Pourquoi je ne pouvais pas vivre de mon côté, tout seul, dans une forêt canadienne ?

– Moi, je ne suis pas comme eux. Moi, j'ai l'ego grandiose, ai-je murmuré, tandis que trois malabars, bras dessous bras dessous, me bousculaient comme si j'étais une quille.

– Disparais, microbe.

En transe, j'ai vu mes jambes raides comme des poteaux me conduire en classe. Je me suis assis à l'avant-dernier rang, près de la fenêtre, et j'ai essayé de me rendre invisible.

Mais j'ai découvert que la technique du mimétisme, sur cette planète hostile, ne marchait pas. Les prédateurs étaient beaucoup plus évolués et agressifs dans ce lycée et ils se déplaçaient en troupeau. Toute stagnation, tout comportement anormal était aussitôt remarqué et puni.

Ils m'ont pris dans leur collimateur. Ils se sont moqués de moi pour la façon dont je m'habillais, parce que je ne parlais pas. Et puis, ils m'ont lapidé à coups de brosse à tableau.

J'implorais mes parents de me changer de lycée, un institut pour enfants inadaptés ou sourds-muets serait parfait. Je trouvais toutes les excuses pour ne pas aller en cours. Je ne faisais plus rien. En classe, je passais mon temps à compter les minutes qui me restaient pour sortir de cette prison.

Un matin, j'étais à la maison pour une fausse migraine et j'ai vu à la télévision un documentaire sur les insectes imitateurs.

Quelque part sous les tropiques vit une mouche qui imite les guêpes. Elle a quatre ailes comme toutes celles de son espèce, mais elle les pose l'une sur l'autre, du coup on dirait qu'elle n'en a que deux.

Elle a un abdomen rayé jaune et noir, des antennes et des yeux saillants et elle a même un faux dard. Elle ne fait rien, elle est gentille. Mais, déguisée en guêpe, les oiseaux, les lézards et même les hommes la craignent. Elle peut entrer tranquillement dans les essaims de guêpes, l'un des endroits les plus dangereux et surveillés du monde, et personne ne la reconnaît.

Je m'étais trompé sur toute la ligne.

Voilà ce que je devais faire.

Imiter les plus dangereux.

Je me suis mis à porter les mêmes choses que les autres. Des baskets Adidas, des jeans déchirés, un sweat à capuche. J'ai renoncé à ma raie et me suis laissé pousser les cheveux. Je voulais aussi une boucle d'oreille mais ma mère me l'a interdit. En échange, pour Noël, ils m'ont offert un scooter. Le plus bas de gamme.

Je marchais comme eux. Jambes écartées. Je balançais mon sac à dos par terre et je lui flanquais des coups de pied.

Je les imitais discrètement. De l'imitation à la caricature, il n'y a qu'un pas.

Pendant les cours, j'étais assis à ma place, feignant d'écouter, mais en réalité, je pensais à mes trucs à moi, je m'inventais des histoires de science-fiction. J'allais même en gym, je riais aux plaisanteries des autres, je faisais des blagues stupides aux filles. Deux ou trois fois, j'ai mal répondu aux professeurs. Et j'ai rendu copie blanche à un devoir sur table.

La mouche avait réussi à berner tout le monde, parfaitement intégrée dans la société des guêpes. Ils croyaient que j'étais un des leurs. Rentré dans le rang.

À la maison, je racontais à mes parents qu'au lycée tout le monde disait que j'étais sympa et j'inventais des anecdotes amusantes qui m'étaient arrivées.

Mais plus je mettais en scène cette farce, plus je me sentais différent. Le sillon qui me séparait des autres se faisait de plus en plus profond. Tout seul j'étais heureux, avec les autres, je devais jouer la comédie.

Cette chose, parfois, me terrifiait. Allait-il me falloir les imiter pour le restant de ma vie ?

C'était comme si, au-dedans de moi, la mouche me disait les choses vraies. Elle m'expliquait que les amis, il leur suffit d'un instant pour vous oublier, que les filles sont méchantes et se moquent de vous, que le monde hors de chez soi n'est que compétition, mortification et violence.

Une nuit, j'ai fait un cauchemar dont je me suis réveillé en hurlant. Je découvrais que mon T-shirt et mes jeans étaient ma peau et les Adidas mes pieds. Et sous mon blouson dur comme un exosquelette, s'agitaient mille pattes d'insectes.

Tout a marché plus ou moins bien jusqu'à ce qu'un matin, j'aie eu envie l'espace d'un instant de ne plus être une mouche déguisée en guêpe, mais une guêpe véritable.

Pendant la récréation, d'habitude j'errais dans les couloirs grouillants d'élèves comme si j'avais quelque chose à faire, si bien que personne n'avait de soupçons. Et puis, un peu avant la sonnerie, j'allais me rasseoir à ma place et mangeais ma tranche de pizza blanche au jambon, celle qu'on achetait tous au surveillant. En classe, c'était l'habituelle bataille de la brosse à tableau. Deux groupes s'affrontaient en se la balançant à la figure. S'ils m'avaient touché, j'aurais riposté en essayant, si possible, de n'atteindre personne, pour ne pas déchaîner de représailles.

Derrière moi était assise Alessia Roncato. Elle parlait activement avec Oscar Tommasi et ils écrivaient une liste de noms sur une petite feuille.

Qu'est-ce que c'était, cette liste ?

Moi, j'étais censé n'en avoir rien à fiche, vraiment rien, et pourtant cette maudite curiosité, qui apparaissait parfois sans raison, m'a poussé à reculer ma chaise pour mieux entendre.

– Mais ils vont le laisser venir, tu crois ? disait Oscar Tommasi.

– Si c'est ma mère qui leur parle, a répondu Alessia Roncato.

– Mais on peut y aller tous ?

– Bien sûr, elle est grande... Quelqu'un s'est mis à crier et je n'ai pas réussi à entendre la suite.

Probablement, ils décidaient qui inviter à une fête.

À la sortie, j'ai mis mon casque mais pas la musique. Alessia Roncato et Oscar Tommasi s'étaient regroupés devant le mur du lycée avec le Sumérien et Riccardo Dobosz. Ils étaient tout excités. Le Sumérien faisait semblant de skier. Il se penchait comme s'il slalomait. Dobosz lui a sauté sur le dos et faisait mine de l'étrangler. Je ne pouvais savoir ce que disait Alessia à Oscar Tommasi. Mais ses yeux brillaient en regardant le Sumérien et Dobosz.

Je me suis approché à quelques mètres du groupe et j'ai fini par comprendre.

Alessia les avait invités chez elle à Cortina pour une semaine de ski.

Ces quatre-là étaient différents des autres. Ils s'occupaient de leurs oignons et on comprenait qu'ils étaient amis pour la vie. On aurait dit qu'ils avaient autour d'eux une bulle invisible dans laquelle personne ne pouvait entrer à moins qu'ils ne l'acceptent.

Alessia Roncato était le chef et c'était la fille la plus belle du lycée. Mais elle ne jouait pas la bimbo, elle n'essayait pas de ressembler à quelqu'un, elle était elle-même, un point c'est tout.

Oscar Tommasi était très maigre et il bougeait

comme une fille. Dès qu'il ouvrait la bouche, tout le monde riait.

Riccardo Dobosz était silencieux et toujours renfrogné comme un samouraï.

Mais celui que je préférais, c'était le Sumérien. J'ignorais pourquoi ils l'appelaient ainsi. Il avait une moto cross, il était bon dans tous les sports et on disait qu'au rugby, il deviendrait un champion. Baraqué comme une armoire à glace, des mains qui semblaient être en pâte à modeler, les cheveux en brosse, le nez aplati. Selon moi, si le Sumérien flanquait un pain à un dogue allemand, il pouvait le sécher sur le coup. Il était en première mais il ne chahutait jamais avec les plus petits. Pour lui, les élèves des classes inférieures étaient un peu comme les acariens des matelas. Ils existent mais vous ne les voyez pas.

Eux, ils étaient les Quatre Fantastiques et moi le Surfeur d'Argent.

Le Sumérien a enfourché sa moto, il a chargé Alessia qui l'a enlacé comme si elle avait peur de le perdre et ils sont partis en faisant crisser les pneus. Les autres élèves aussi, peu à peu, sont rentrés chez eux et la rue s'est vidée. Le magasin de disques et celui d'électroménager ont baissé leur rideau pour la pause déjeuner.

Il n'était resté que moi.

Je devais rentrer, dans une dizaine de minutes ma mère, ne me voyant pas arriver, m'appellerait. J'ai éteint mon portable. Je regardais fixement les graffitis tracés à la bombe jusqu'à ce qu'ils deviennent flous. Des taches de couleurs sur le mur d'un immeuble.

Si Alessia m'avait invité moi aussi, ils auraient vu comme je skiais bien. Je leur aurais fait découvrir des coins secrets.

Moi, à Cortina, j'y allais depuis que j'étais né. Je connaissais toutes les descentes, je connaissais un tas de hors-pistes. Mon préféré partait du mont Cristal et arrivait jusqu'au centre du village. On passait par la forêt, il y avait des sauts incroyables, une fois j'avais vu deux chamois juste derrière une maison. Et puis, on pouvait aller au cinéma et prendre un chocolat chaud chez Lovat.

J'avais trop de choses en commun avec eux. Qu'Alessia ait une maison à Cortina ne pouvait être une simple coïncidence. Et puis j'ai compris. Eux aussi étaient des mouches qui feignaient d'être des guêpes. Sauf qu'ils étaient bien meilleurs que moi à imiter les autres. Si j'étais allé à Cortina, ils auraient compris que j'étais pareil à eux.

Quand je suis rentré à la maison, ma mère était en train d'apprendre à Nihal la recette de l'osso buco.

Je me suis assis, j'ai ouvert le tiroir des couverts et j'ai dit : – Alessia Roncato m'a invité à skier à Cortina.

Ma mère m'a regardé comme si je lui avais dit que j'avais une troisième jambe qui poussait. Elle s'est assise, a pris sa respiration et a balbutié : – Mon trésor, comme je suis heureuse. Et elle m'a embrassé très très fort. – Ça va être formidable. Excuse-moi un instant. Elle s'est levée, m'a souri et s'est enfermée dans la salle de bains.

Qu'est-ce qui lui prenait ?

J'ai collé mon oreille contre la porte. Elle pleurait en reniflant de temps en temps. Puis, j'ai entendu qu'elle ouvrait le robinet et se passait de l'eau sur le visage.

Je ne comprenais pas.

Elle s'est mise à parler au téléphone. – Francesco, il faut que je te dise une chose. Notre fils a été invité à une semaine de ski… Oui, à Cortina. Tu vois bien qu'on n'a pas à s'inquiéter… Tu sais quoi, de joie je me suis mise à pleurer comme une crétine. Je me suis enfermée dans la salle de bains pour qu'il ne me voie pas…

Pendant quelques jours, j'ai essayé de dire à maman que c'était un mensonge, que j'avais raconté ce bobard pour plaisanter, mais chaque fois que je la voyais si heureuse et enthousiaste, je battais en retraite, vaincu, avec le sentiment d'avoir commis un meurtre.

Le problème, ce n'était pas de lui dire que j'avais tout inventé et que personne ne m'avait invité nulle part. C'était humiliant, mais j'aurais pu le supporter. Ce que je n'arrivais pas à supporter, c'était la question qui à coup sûr aurait suivi.

« Lorenzo, mais pourquoi m'as-tu raconté ce mensonge ? »

Et à cette question, il n'y avait pas de réponse.

Dans ma chambre, la nuit, j'essayais d'en trouver une.

« Parce que... »

Mais c'était comme si mon cerveau trébuchait contre une marche.

« Parce que je suis un crétin. » C'était la seule réponse que je réussissais à me donner. Mais je savais que ça ne suffisait pas, il y avait là-dessous quelque chose que je n'avais pas envie de savoir.

Et donc, à la fin, je me suis laissé entraîner par le courant et j'ai commencé à y croire. J'ai même fait le coup de la semaine de ski au Cercopithèque. En parvenant à être de plus en plus convaincant. J'ai enrichi l'histoire de détails. On allait aller dans un refuge en haute montagne et on prendrait un hélico.

J'ai fait un caprice pour qu'on m'achète des skis, des chaussures et une doudoune neuve. Plus les jours passaient, plus je croyais qu'Alessia m'avait invité pour de vrai.

Si je fermais les yeux, je la voyais s'approcher. Moi j'étais en train d'enlever l'antivol de mon scooter et elle, elle me regardait de ses yeux bleus, elle se passait les doigts dans sa frange blonde, elle posait une Nike sur l'autre et me disait : « Dis-moi Lorenzo, j'ai organisé une semaine au ski, tu veux venir ? »

J'y réfléchissais un peu et répondais calmement : « Ok, je viens. »

Et puis, un jour où j'étais dans ma chambre, chaussures de ski aux pieds, mon regard a croisé la glace de la porte de l'armoire et j'ai vu le reflet d'un gamin en slip, blanc comme un asticot, des jambes qui ressemblaient à deux baguettes avec quatre poils dessus, un petit thorax et ces ridicules trucs rouges aux pieds, et au bout d'une demi-minute que je l'observais, bouche entrouverte, je lui ai dit : – Mais tu vas où, là ?

Et le gamin dans le miroir m'a répondu d'une voix étrangement adulte : – Nulle part.

Je me suis jeté sur le lit avec mes grosses chaussures et la sensation que quelqu'un avait déversé sur moi une tonne de gravats et je me suis dit que je n'avais aucune idée de la façon de me sortir du pétrin dans lequel je m'étais fourré, et que si j'essayais encore, ne serait-ce qu'une seule fois, de croire qu'Alessia m'avait invité, je me jetterais par la fenêtre et amen, bye-bye, au revoir, merci beaucoup et bien le bonjour chez vous.

C'était la voie la plus simple. De toute façon, j'avais une vie merdique.

– Ça suffit ! Je dois lui dire que je ne peux pas y aller parce que grand-mère Laura est à l'hôpital en train de mourir d'un cancer. J'ai sorti une petite voix très sérieuse et, en regardant le plafond, j'ai dit : – Maman, j'ai décidé de ne pas aller skier parce que grand-mère va mal et si jamais elle meurt quand je ne suis pas là ?

C'était une excellente idée… J'ai quitté mes chaussures et je me suis mis à danser dans la pièce comme si le plancher était brûlant. Je sautais sur le lit et de là sur le bureau, pirouettant entre ordinateur, livres, aquarium des tortues, en chantant « *Fratelli d'Italia, l'Italia s'è desta* ». Un élan et je me suspendais à la bibliothèque. « *Dell'elmo di Scipio…* »

Mais qu'est-ce que je fabriquais ?

« *S'è cinta la tes… ta* »

J'utilisais la mort de ma grand-mère pour me tirer d'affaire ?

Seul un monstre comme moi pouvait imaginer une chose aussi moche.

– C'est honteux ! ai-je hurlé et je me suis jeté sur le lit, le visage enfoui dans l'oreiller.

Moi et toi

Comment me délivrer de ce mensonge qui était en train de me rendre fou ?

Et soudain, j'ai vu la cave.

Sombre. Accueillante.

Et oubliée.

3.

Dans la cave, il faisait bon chaud. Il y avait des toilettes aux murs tachés d'humidité. La chasse d'eau ne fonctionnait pas, mais en remplissant le seau au lavabo je pouvais vider la cuvette des W-C.

J'ai passé le reste de la matinée sur le lit à lire *Salem* de Stephen King et à dormir. Pour le déjeuner, j'ai avalé une demi-tablette de chocolat.

J'étais un rescapé d'une invasion extraterrestre. La race humaine avait été exterminée et nous n'étions que quelques-uns à avoir réussi à nous sauver en nous cachant dans les caves ou les souterrains des immeubles. Moi, j'étais le seul survivant à Rome. Pour sortir, je devais attendre que les extraterrestres s'en retournent sur leur planète. Et cela, pour une raison que j'ignorais, se passerait dans une semaine.

J'ai sorti de mon sac à dos mes vêtements et deux sprays d'autobronzant. J'ai mis mes lunettes de soleil, mon bonnet, et me suis aspergé de ce truc sur le visage et les mains.

Puis, tout graisseux, j'ai grimpé sur une commode pour placer mon portable sur la fenêtre, où j'arrivais à avoir deux barrettes.

J'ai ouvert un bocal d'artichauts et en ai mangé cinq.

Ça oui, c'étaient des vacances. Autre chose que Cortina.

La sonnerie du téléphone m'a tiré d'un sommeil sans rêves.

La cave était sombre. À tâtons, j'ai atteint mon portable et, en équilibre sur un carton, j'ai essayé d'avoir la voix pétillante. – Maman !

– Alors, comment ça va ?

– Très bien !

– Où es-tu ?

Quelle heure était-il ? J'ai regardé l'écran de mon portable. Huit heures et demie. J'avais dormi très longtemps.

– Je suis à la pizzeria.

– Ah oui ?... Laquelle ?

– Sur le cours... Je ne me rappelais plus le nom de la pizzeria où nous allions toujours manger avec grand-mère.

– La Pedavena ?

– Exact.

– Comment s'est passé le voyage ?

– Super bien.

– Et comment est le temps ?

– Excellent… Peut-être que j'exagérais un peu. – Enfin, beau. Pas mal du tout.

– De la neige ?

Combien de neige pouvait-il y avoir ? – Il y en a un peu.

– Tout va bien ? Tu as une drôle de voix.

– Non, non, tout va bien.

– Passe-moi la maman d'Alessia, que je la salue.

– Elle n'est pas là. Il n'y a que nous. La maman d'Alessia est à la maison.

Silence. – Ah bon… Mais demain, je t'appelle et tu me la passes. Sinon, dis-lui toi de m'appeler.

– D'accord. Il faut que je te laisse, là, les pizzas sont arrivées. Et puis, m'adressant à un serveur imaginaire : – C'est pour moi… Celle au jambon est pour moi.

– D'accord. On s'appelle demain. Lave-toi, s'il te plaît.

– Ciao.

– Ciao mon chéri. Amuse-toi bien.

Ça s'était plutôt bien passé, je ne m'en étais pas trop mal tiré. Satisfait, j'ai allumé ma PlayStation pour jouer un peu à *Soul Reaver*. Mais je ne cessais de penser à ce coup de fil. Maman ne me lâcherait pas, je la connaissais trop bien. Si elle ne parlait pas à la mère d'Alessia, elle était capable de débarquer à Cortina. Et si je lui racontais que Mme Roncato s'était cassé une jambe au ski et qu'elle était à l'hôpital ? Non, il me fallait trouver mieux. Mais, là, maintenant, rien ne me venait.

L'odeur d'humidité commençait à me déranger. J'ai ouvert la fenêtre. Ma tête passait juste à travers les barreaux.

Le jardin de la mère Barattieri était couvert d'un tapis de feuilles pourries. Un réverbère diffusait une lumière froide qui tombait sur le portail caché par le lierre. À travers les arbres, je réussissais à entrevoir la cour. La Mercedes de mon père n'était pas là. Il devait être allé dîner dehors ou jouer au bridge.

Je suis retourné au lit.

Maman était trois étages au-dessus de moi et j'étais sûr qu'elle était sur le canapé, les bassets enroulés à ses pieds. Sur la table basse, un plateau avec du lait et de la brioche. Elle s'endormirait là, devant un film en noir et blanc. Et mon père, en rentrant, la réveillerait et l'emmènerait se coucher.

J'ai mis mon casque et Lucio Battisti a commencé à chanter « Ancora tu ». Je l'ai enlevé.

Je détestais cette chanson.

4.

La dernière fois que j'avais entendu « Ancora tu », j'étais en voiture avec maman. On était coincés à la queue leu leu sur le corso Vittorio. Une manifestation avait bloqué la piazza Venezia et, comme la chaleur, l'embouteillage avait irradié, paralysant la circulation du centre historique.

J'avais passé la matinée dans la galerie d'art de ma mère pour l'aider à accrocher les œuvres d'un artiste français dont elle ferait le vernissage la semaine suivante. J'aimais ces énormes photos de gens mangeant tout seuls dans des restaurants bondés.

Les scooters slalomaient entre les voitures arrêtées. Sur les marches d'une église dormait un clochard enveloppé dans un sac de couchage dégoûtant. Sa tête était bandée de sacs-poubelle. On aurait dit une momie égyptienne.

– Pffff ! Mais qu'est-ce qui se passe ? Ma mère s'est

agrippée au klaxon. – C'est devenu insupportable, cette ville… Ça te plairait de vivre à la campagne ?

– Où ça ?

– Je ne sais pas… en Toscane, par exemple.

– Nous deux ?

– Papa viendrait tous les week-ends.

– Et si on l'achetait à Komodo ?

– Où est-ce, Komodo ?

– C'est une île, très loin.

– Et pourquoi devrait-on aller vivre là-bas ?

– Parce qu'il y a des dragons à Komodo. C'est des lézards énormes qui peuvent avaler tout crus une chèvre vivante ou un homme avec des problèmes articulaires. Et ils courent super vite. On pourrait les apprivoiser. Et les utiliser pour nous défendre.

– De qui ?

– De tout le monde.

Ma mère a souri et a augmenté le volume de l'autoradio et elle s'est mise à chanter en même temps que Lucio Battisti. – « *Ancora tu. Non mi sorprende lo sai*[1] »…

Moi aussi je me suis mis à chanter et quand est arrivée la strophe : – « *Amore mio, hai già mangiato o no ? Ho fame anch'io e non soltanto di te*[2] », je lui ai pris la main comme un amant désespéré.

---

1. « Encore toi. Ça ne me surprend pas, tu sais… »
2. « Mon amour, tu as déjà mangé ou pas ? J'ai faim moi aussi et pas seulement de toi. »

Ma mère riait et secouait la tête. – Quel idiot… Mais quel idiot…

Je me suis aperçu que j'étais heureux. Le monde de l'autre côté des vitres, et maman et moi dans une bulle au milieu de la circulation. L'école n'existait plus, les devoirs non plus, ni tous les milliards de choses que j'aurais à faire pour devenir grand.

Mais soudain, ma mère a baissé le volume de l'autoradio. – Regarde cette robe dans la vitrine là-bas. Qu'est-ce que tu en penses ?

– Pas mal. Peut-être un peu dépoitraillée.

Elle m'a regardé, surprise. – Dépoitraillée ? ! Depuis quand emploies-tu ce mot ?

– Je l'ai entendu dans un film. Il y avait une fille qui disait qu'elle portait une robe dépoitraillée.

– Mais, tu sais ce que ça signifie ?

– Évidemment, ai-je dit. Qui en laisse trop voir.

– Je n'ai pas l'impression que cette robe en laisse trop voir.

– Peut-être pas.

– Je l'essaie ?

– D'accord.

Et comme par magie, devant nous, un 4 × 4 a libére une place. Braquant d'instinct, ma mère a voulu se glisser dans la place libre.

Un coup sec contre la carrosserie. Maman a écrasé la pédale de frein et lâché l'embrayage. Moi j'ai été projeté vers l'avant, mais la ceinture de sécurité m'a retenu à mon siège. La voiture a calé en un soubresaut.

J'ai tourné la tête. Une Smart jaune était collée à la portière arrière de la Bmw.

Elle nous avait emboutis.

– Oh nooon, meerde ! ! a soupiré ma mère en baissant sa vitre pour voir les dégâts.

Moi aussi je me suis penché. Sur l'aile de la Bmw, pas une seule égratignure et rien non plus sur le museau de bouledogue de la Smart. Au pare-brise arrière de la petite voiture était accroché un mille-pattes en peluche, blanc et bleu, avec écrit dessus LAZIO. Puis, je me suis aperçu que la Smart n'avait plus son rétroviseur gauche. Du trou où il était fixé auparavant, pendouillaient des fils électriques colorés. – Là, maman.

La portière s'est ouverte en grand et s'est extirpé le tronc d'un homme qui devait faire plus d'un mètre quatre-vingt-dix de haut et quatre-vingts centimètres de large.

Je me suis demandé comment il faisait pour entrer dans cette boîte à chaussures. On aurait dit un bernard-l'ermite pointant la tête et les pinces hors de sa coquille. Il avait des petits yeux bleus, une grosse frange noir corbeau, une dentition de cheval et un bronzage chocolat.

– Que s'est-il passé ? lui a demandé ma mère, mortifiée.

Le type est descendu et s'est recroquevillé à côté de son rétroviseur. Il le regardait avec une expression à la fois douloureuse et digne, comme si, là, par terre, ce n'était pas un morceau de plastique et de verre, mais le corps de sa mère trucidée. Il ne le touchait même pas, comme si c'était un cadavre attendant la police scientifique.

– Que s'est-il passé ? a répété ma mère d'un ton calme, penchant sa tête par la portière.

Le gars ne s'est même pas retourné, mais il a répondu : – Ce qui s'est passé ! Tu veux savoir ce qui s'est passé ? Il avait une voix rauque et profonde, comme s'il parlait à travers un tuyau en caoutchouc. – Alors, descends de ta caisse et viens voir !

– Ne bouge pas, m'a dit maman en me regardant dans les yeux, elle a détaché sa ceinture de sécurité et est sortie de la voiture.

À travers la vitre, j'ai vu son tailleur abricot se tacher de pluie.

Quelques piétons, sous leur parapluie, se sont arrêtés pour regarder. Les voitures autour de nous, en klaxonnant à tout va, essayaient de franchir l'obstacle, comme des fourmis face à une pomme de pin. À une trentaine de mètres, un autobus s'est mis lui aussi à klaxonner.

Moi, dans la voiture, je voyais les regards des gens sur ma mère. J'ai commencé à suer et à sentir que le souffle me manquait.

– Peut-être devrions-nous nous déplacer, a suggéré ma mère au type. – La circulation, vous sav…

Mais lui, il n'entendait pas, il continuait à fixer son rétroviseur comme si, par la force de son esprit, il avait pu le refixer au véhicule.

Alors ma mère s'est approchée et, avec un léger sentiment de culpabilité et une fausse compassion, elle lui a demandé : – Mais comment cela s'est-il produit ?

La pluie, mêlée au gel, avait rendu luisantes les boucles de l'homme, révélant un début de calvitie juste au centre de son crâne.

N'ayant reçu aucune réponse, ma mère a ajouté, plus bas : – C'est grave ?

Le type, enfin, a penché la tête et pour la première fois il a réalisé que le coupable de cette horreur était là, près de lui. Il a toisé ma mère de haut en bas, puis il a jeté un coup d'œil à notre voiture et il a affiché un petit sourire.

Le même petit sourire méchant qu'avaient Varaldi et Ricciardelli quand ils m'observaient, assis sur leur scooter. Le petit sourire du prédateur qui a déniché sa proie.

Je devais l'avertir.

Le tifoso de la Lazio a soulevé le rétroviseur comme si c'était un rouge-gorge avec une aile brisée. – Peut-être que pour toi c'est pas grave. Pour moi, si.

Je sors à peine de chez le carrossier. Tu sais combien ça coûte, ce rétro ?

Ma mère a fait non avec la tête. – Beaucoup ?

Moi je me passais la main dans les cheveux. Elle ne devait pas plaisanter avec ce gars-là. Elle devait juste s'excuser. Lui donner de l'argent et en rester là.

– Le quart du salaire d'un garçon de café. Mais toi, qu'est-ce que t'en sais… Ce genre de problèmes, toi tu connais pas.

Je devais me lever, sortir de la voiture, la prendre par la main et m'enfuir avec elle, mais j'étais en train de m'évanouir.

Ma mère secouait la tête, éberluée : – Je vous signale que c'est vous qui m'êtes rentré dedans… C'est de votre faute.

J'ai vu le tifoso vaciller légèrement, fermer et rouvrir les yeux comme pour essayer d'absorber le coup de massue à peine reçu. Ses narines frémissaient comme celles d'un chien truffier. – De ma faute ? À qui ? À moi ? C'est moi qui te suis rentré dedans ? Puis, il s'est relevé, a écarté les bras et il a rugi : – Putain, mais qu'est-ce que tu racontes, poufiasse ?

Il avait appelé ma mère poufiasse.

J'ai tenté de détacher ma ceinture de sécurité mais j'avais des fourmillements dans les mains, comme si elles étaient endormies.

Maman s'efforçait de paraître sûre d'elle. Elle était aussitôt descendue de voiture, sous la pluie, gentille, disposée à assumer ses torts, si tant est qu'elle en ait eu, elle n'avait rien fait de mal et un type qu'elle n'avait jamais vu de sa vie l'avait appelée poufiasse.

« Poufiasse. Poufiasse. Poufiasse. » Je me le suis répété trois fois, goûtant le douloureux mépris de ce mot. Aucune gentillesse, aucune courtoisie, ni respect, rien.

Je me devais de le tuer.

Mais où était passée ma rage ? Le fluide rouge qui me remplissait quand quelqu'un me dérangeait ? La furie qui me faisait foncer tête baissée ? J'étais une pile à plat. Écrasé par la peur, je n'arrivais même pas à détacher ma ceinture de sécurité.

– Pourquoi ? Qu'est-ce que j'ai fait ? a dit ma mère comme si on l'avait frappée à la poitrine, puis elle a titubé et a réussi à appuyer sa main sur le sternum.

– Amour ? Beauté ? – De la fenêtre de la Smart pointait le visage rond d'une grosse fille frisée, avec une paire de lunettes vertes et un rouge à lèvres violet. Moi, je ne l'avais même pas vue. – Chérie, tu sais ce que t'es ? T'es juste une connasse en BM. C'est toi qui nous as rentré dedans. Nous, on avait vu la place avant toi.

Le tifoso de la Lazio indiquait maman de sa main ouverte. – Rien que parce que t'es une chochotte pétée de tunes, tu crois que tu peux faire comme tu veux, bordel ? Le monde t'appartient, hein ?

La frisée dans la Smart s'est mise à applaudir.

– T'es génial, Teodoro ! Dis-y ses quatre vérités à c'te poufiasse.

Je devais réagir, mais je pensais juste au fait que ce gars-là s'appelait Teodoro et que je ne connaissais personne portant ce prénom.

Je respirais pour m'ôter cette pensée crétine de l'esprit. Mes oreilles et mon cou étaient devenus bouillants et la tête me tournait.

Peut-être que Teo, le vieux cocker de la bonne femme du premier étage, s'appelait en réalité Teodoro.

Moi, il fallait que je m'en aille, tout de suite. Je n'avais strictement rien à voir avec cette histoire, je lui avais bien dit que la robe était dépoitraillée et si elle m'avait écouté…

J'ai détaché ma ceinture, mais je n'arrivais pas à bouger.

J'étais assis sur un géant de pierre qui m'enlaçait et ne me laissait pas partir.

J'ai regardé vers le trottoir, espérant que quelqu'un nous aiderait. Les passants étaient une troupe de silhouettes floues.

Le tifoso de la Lazio a saisi le poignet de ma mère et l'a tirée en la secouant. – Viens voir, ma belle. Viens voir ce que t'as fait.

Maman a perdu l'équilibre et est tombée.

La voix aiguë de la fille : – Teo ! Teo ! Laisse pisser, il est tard. De toute façon, elle comprend que dalle, c'te bourge de merde.

Ma mère était affalée sur les pavés, un bas filé. Sur les pavés dégoûtants de tout un tas de choses. À Rome, les rues, ils ne les nettoient pas. Les chiures infectes des pigeons. Elle était étendue devant la roue de la voiture, le type au-dessus d'elle.

Il va lui cracher dessus, ai-je pensé.

Mais l'autre s'est borné à dire : – Et remercie le ciel d'être une femme. Sinon, à c'te heure…

Qu'est-ce qu'il lui aurait fait, à c'te heure, si elle n'avait pas été une femme ?

Maman a fermé les yeux et moi j'ai senti que le géant m'étreignait entre ses bras de pierre, me coupant le souffle, et puis, d'un bond, il défonçait le toit de la voiture et lui et moi on volait au-delà de ces gens, au-delà du tifoso de la Lazio, au-delà de ma mère allongée sur les pavés, au-delà de la circulation, au-delà des toits pleins de corbeaux, au-delà des flèches des églises.

Et je me suis évanoui.

5.

À neuf heures, le soleil filtrait en rayons dorés à travers les vitres sales. C'était peut-être la chaleur des tuyaux de chauffage, mais ici, on avait du mal à rester éveillé.

J'ai bâillé et, en slip et T-shirt, je suis allé aux toilettes me laver les dents.

Mes aisselles, pour l'instant, tenaient le coup. Je n'avais pas une envie folle de me laver à l'eau froide et puis, je pouvais toujours puer, de toute façon, il n'y avait personne pour me sentir. J'ai pulvérisé de l'autobronzant sur mon visage et me suis préparé une tartine de Nutella.

J'ai décidé de consacrer quelques heures à explorer la cave. Tout ce bazar appartenait à la précédente propriétaire de notre appartement, la comtesse Nunziante, morte sans héritiers. Mon père avait acheté la maison avec ses affaires et tous les meubles et il les avait entassés ici.

Dans les tiroirs d'une vieille commode sombre, j'ai trouvé des vêtements colorés, des cahiers pleins de comptes, des mots croisés résolus, des boîtes remplies de punaises, de trombones, de stylos, de pierres transparentes, de paquets de Muratti, de flacons de parfum vides, de rouges à lèvres desséchés. Il y avait aussi des tas de cartes postales. Cannes, Viareggio, Ischia, Madrid. Des couverts en argent noircis. Des lunettes de vue. J'ai même trouvé une perruque blonde que je me suis mis sur la tête et puis j'ai passé une robe de chambre en soie orangée. J'ai commencé à me promener dans la cave comme si c'était le salon d'un château. – Bonsoir, duc, je suis la comtesse Nunziante. Ah, vous êtes là vous aussi, comtesse Sinibaldi. Oui, cette fête est un peu ennuyeuse et je n'ai pas encore vu le marquis de Cercopithèque. Il n'a tout de même pas fini dans la fosse aux crocodiles ?

Sous une pile de meubles, il y avait un long coffre peint de fleurs rouges et vertes qui ressemblait à un cercueil.

– Ci-gît le pauvre Goffredo. Il a mangé une escalope milanaise empoisonnée.

Mon portable s'est mis à sonner.

J'ai soupiré : – Ah non, hein ! Y en a marre ! Maman, s'il te plaît… fiche-moi la paix.

J'ai essayé de l'ignorer, mais je n'y arrivais pas. À la fin, n'en pouvant plus, j'ai grimpé jusqu'à la fenêtre. Sur l'écran, il y avait un numéro que je ne connaissais pas. Qui était-ce ? Moi, à part maman, Nihal, grand-mère et quelquefois papa, personne ne m'appelait. Je suis resté là à fixer le portable, indécis. Et puis, trop curieux, j'ai fini par répondre.

– Allô.

– Allô, Lorenzo. C'est moi, Olivia.

J'ai mis un moment à comprendre qui était cette Olivia… Olivia, ma demi-sœur. – Ah oui, salut…

– Comment tu vas ?

– Bien, merci, et toi ?

– Bien. Excuse-moi si je te dérange. C'est la tante Roberta qui m'a donné ton numéro. Écoute, je voulais te demander un truc… Tu sais si ta mère ou ton père sont à la maison ?

Un piège !

Je devais faire très attention. Peut-être que maman avait compris quelque chose et qu'elle se servait d'Olivia pour découvrir où j'étais vraiment. Mais Olivia et maman, que je sache, ne se parlaient pas.

– Je ne sais pas… Je suis au ski.

– Ah… La voix était déçue. – Eh ben, tu t'amuses, j'espère.

– Oui.

– Dis-moi un truc, Lorenzo. D'habitude, à cette heure, ton père et ta mère, ils sont à la maison ?

À quoi rimaient ces questions ? – Papa, à cette

heure, il est au travail. Et maman, soit elle va à la gym soit à sa galerie. Ça dépend.

Silence. – OK. Et si eux n'y sont pas, y a quelqu'un ?

– Il y a Nihal.

– C'est qui Nihal ?

– Notre employé de maison.

– Ah. Bon, écoute, tu pourrais me rendre un service ?

– Dis-moi.

– Ne dis à personne que je t'ai appelé.

– D'accord.

– Promets-le-moi.

– Je te le promets.

– C'est bien. Amuse-toi bien au ski. Y a de la neige ?

– Un peu.

– Bon, ben, je te dis salut. Et s'il te plaît, motus et bouche cousue.

– Ok. Ciao. J'ai raccroché et j'ai enlevé la perruque en essayant de comprendre ce qu'elle me voulait, celle-là. Et pourquoi elle voulait savoir si papa et maman étaient à la maison ? Pourquoi elle ne les appelait pas ? J'ai haussé les épaules. Ce n'étaient pas mes affaires. En tout cas, si c'était un piège, je n'étais pas tombé dedans.

La seule et unique fois où j'avais vu ma demisœur, c'était à Pâques 1998.

Moi et toi

Moi j'avais douze ans, elle vingt et un. Les fois d'avant ne comptent pas. On avait passé quelques étés ensemble à Capri dans la villa de grand-mère Laura, mais j'étais trop petit pour m'en souvenir.

Olivia était la fille de mon père et d'une idiote de Côme qui détestait maman. Une dentiste que papa avait épousée avant ma naissance. À cette époque-là, il vivait à Milan avec elle et il avait eu Olivia. Et puis ils avaient divorcé et papa avait épousé maman.

Mon père parlait rarement de sa fille. De temps à autre, il allait lui rendre visite et il revenait toujours de mauvais poil. D'après ce que j'avais pu comprendre, Olivia était folle. Elle se prétendait photographe, mais elle ne faisait que des conneries. À l'école, elle avait redoublé plus d'une fois et elle s'était souvent sauvée de la maison, et puis elle s'était fiancée à Paris avec Faustini, l'expert-comptable de papa.

Tout ça, je l'avais compris par bribes, car mes parents ne parlaient pas d'Olivia devant moi. Mais parfois, en voiture, il leur arrivait d'oublier que j'étais là et alors ils laissaient échapper quelques trucs.

Deux jours avant Pâques, on était allés voir mon oncle qui habitait Campagnano. Pendant le voyage, papa avait dit à maman qu'il avait invité Olivia à déjeuner pour la convaincre d'aller en Sicile. Là-bas, il y avait des prêtres et ils l'enfermeraient dans un bel endroit plein d'arbres fruitiers, de potagers et de choses à faire.

Je m'attendais à ce qu'Olivia soit moche, la mine grincheuse, comme les demi-sœurs de Cendrillon, au lieu de ça, elle était incroyablement belle, une de ces filles qui, dès que vous les regardez, mettent votre visage en feu et tout le monde comprend que vous la trouvez belle et si elle vous parle, vous ne savez pas quoi faire de vos mains, vous ne savez même pas comment vous asseoir. Elle avait des cheveux blonds frisés, très épais, qui lui tombaient jusqu'au milieu du dos, les yeux gris et elle était parsemée de taches de rousseur, comme moi. Elle était grande et elle avait une poitrine généreuse et large. Elle aurait pu être la reine d'un royaume médiéval.

Pendant le dîner, elle avait à peine parlé. Après, papa et elle s'étaient enfermés dans le bureau. Elle s'en était allée sans dire au revoir à personne.

Je suis resté quelque temps à repenser à cet étrange coup de fil, puis je me suis dit que j'avais un problème bien plus grave à résoudre. Le mien. Avec une autre carte SIM, j'aurais pu envoyer un SMS à ma mère en me faisant passer pour la mère d'Alessia. Mais ça ne suffirait pas. Maman voulait lui parler.

J'ai déclamé d'une voix de fausset : – Bonjour madame, je suis… la maman d'Alessia… je voulais vous dire que votre fils va très bien et qu'il s'amuse énormément. Au revoir.

Nul. Elle me reconnaîtrait sur-le-champ.

J'ai attrapé mon téléphone et j'ai écrit :

> Maman on est dans un refuge de haute montagne. Les portables passent pas. Je t'appelle demain. Je t'aime.

Et voilà, j'avais gagné un jour.

J'ai éteint mon portable, j'ai effacé ma mère de mon esprit, je me suis jeté sur le lit, j'ai mis mon casque et me suis mis à jouer à *Soul Reaver*. Je me suis trouvé devant un boss si difficile que, furieux de ne pas réussir à le battre, j'ai éteint la PlayStation et me suis préparé un sandwich à la mayonnaise et aux champignons marinés.

Qu'est-ce que j'étais bien. Si on m'avait apporté de la nourriture et de l'eau, j'aurais pu passer le reste de ma vie ici. Et j'ai compris que si je finissais à l'isolement en prison, je serais comme un coq en pâte.

La mouche, enfin, avait trouvé le refuge où elle pouvait être elle-même et elle allait peut-être bien piquer un roupillon.

J'ai ouvert les yeux d'un coup.

On trafiquait dans la serrure de la porte.

Pas une seule fois, l'idée ne m'avait effleuré que quelqu'un pourrait vouloir entrer dans la cave.

Je fixais la porte, mais n'arrivais pas à bouger, comme si j'étais collé au lit. Ma trachée était bloquée et j'avais du mal à respirer.

Dans un élan brusque, comme si je m'étais libéré d'une toile d'araignée, j'ai bondi hors du lit, je me suis cogné le genou gauche contre l'angle de la table de chevet et, dents serrées, ravalant un hurlement de douleur, en boitant, je me suis glissé entre l'armoire et le mur. De là, en me griffant les jambes, je me suis faufilé sous une table où étaient entassés des tapis roulés. Je me suis allongé dessus, tandis que le sang pulsait à mes tympans.

Dehors, heureusement, ils n'arrivaient pas à ouvrir. Cette serrure était vieille et si on poussait la clé jusqu'au fond, elle ne tournait pas.

Et pourtant, la porte s'est ouverte en grand.

Moi je mordais l'étoffe puante du tapis.

De là-dessous, je ne voyais qu'une tranche de sol. J'ai entendu des pas et puis sont apparus un jean et des bottes noires de cow-boy.

Nihal ne possédait pas de bottes. Mon père portait des Church's et en été, des mocassins. Ma mère en avait des tas, mais pas aussi moches. Et le Cercopithèque, que des vieilles baskets déformées. Qui cela pouvait-il bien être ?

Qui que ce soit, il allait voir que la cave était habitée. Tout était là. Le lit, la nourriture, la télé allumée.

En attendant, les bottes noires se promenaient dans la pièce comme si elles cherchaient quelque chose. Elles se sont approchées de mon lit et se sont arrêtées.

Le propriétaire des bottes respirait par la bouche, comme s'il était enrhumé. Il a soulevé un pot de la table et l'a reposé. – Y'a quelqu'un ? – Une voix féminine.

J'ai broyé le tapis entre mes dents. Si elle ne me découvre pas, me suis-je dit, j'irai voir mon farceur de cousin Vittorio tous les jours. Je jure devant Dieu que je deviendrai son meilleur ami.

– Qui c'est qu'est là ?

J'ai fermé les yeux et me suis bouché les oreilles, mais je l'entendais quand même marcher, déplacer des objets, fouiller.

– Sors de là. Je t'ai vu.

J'ai rouvert les yeux. Une silhouette sombre était assise sur mon lit.

– Magne-toi.

Non, je ne bougerai pas de là-dessous, même mort.

– T'es sourd ou quoi ? Sors de là.

Il valait peut-être mieux savoir qui c'était. Je me

suis relevé et, comme un chien pris le museau dans le frigo, j'ai rampé à découvert.

Assise sur le lit, il y avait Olivia.

Elle avait beaucoup maigri et ses pommettes étaient devenues saillantes. Elle avait les traits tirés et fatigués et ses longs cheveux blonds, elle les avait coupés tout court. Sur son jean, elle portait un T-shirt délavé avec le sigle des Camel et un caban bleu de marin.

Elle n'était plus aussi belle qu'il y a deux ans.

Elle m'a observé, perplexe. – Qu'est-ce que tu fabriques ici ?

S'il y avait une chose que je détestais, c'était me montrer en slip et particulièrement devant les femmes. Tout gêné, j'ai attrapé mon pantalon par terre et je l'ai enfilé.

– Pourquoi tu t'es planqué ici ?

Je ne savais pas quoi dire. J'étais si désemparé que je réussissais à grand-peine à hausser les épaules.

Ma demi-sœur s'est levée et a regardé autour d'elle. – Laisse tomber, j'en ai rien à fiche. Je cherche un gros carton que j'ai donné à mon… à notre père. Le larbin, là-haut, m'a dit qu'il devrait être ici. Lui il pouvait pas descendre parce qu'il devait repasser. Dis-moi, il serait pas un peu con-con ?

Nihal en effet était un peu con-con avec les personnes qu'il ne connaissait pas bien. Il avait ce défaut de regarder tout le monde de haut en bas.

– C'est un très grand carton, avec écrit dessus Olivia. Aide-moi à le trouver.

Je me suis mis consciencieusement à le chercher, tout content que ma demi-sœur se contrefiche de savoir pourquoi j'étais là-dedans.

Mais il n'y avait pas trace de ce grand carton, ou plutôt, il y en avait des tas mais aucun avec écrit dessus Olivia.

Ma demi-sœur hochait la tête. – Tu vois comme ton père il y tient, à mes affaires ?

J'ai dit à voix basse : – C'est aussi ton père.

– T'as rai... Olivia a serré le poing en signe de victoire. Sous une console, juste derrière la porte de la cave, il y avait un gros carton couvert de scotch avec écrit dessus MAISON D'OLIVIA FRAGILE.

– Le voilà. Regarde-moi ça où ils l'avaient fourré. Aide-moi, il pèse une tonne.

Nous l'avons tiré au centre de la pièce.

Olivia s'est assise en tailleur, elle a enlevé le scotch et a commencé à sortir des livres, des CD, des vêtements, des trucs et à les jeter par terre. – Ah ! Le voilà.

C'était un livre blanc avec une couverture tout abîmée. *La Trilogie des jumeaux.*

Elle s'est mise à le feuilleter en cherchant quelque chose et en parlant toute seule. – Putain, ils étaient là. Je peux pas y croire. Ce salaud d'Antonio a dû les trouver. Elle s'est levée d'un bond. Ses yeux étaient devenus brillants. Elle a posé ses mains sur ses hanches, a regardé le plafond et, comme une furie, elle a commencé à balancer des coups de pied dans le carton. – Va te faire foutre ! Va te faire foutre ! Je te déteste. Tu m'as piqué ça aussi. Et maintenant, putain, comment je vais faire ?

Je la fixais, apeuré, mais je n'ai pas réussi à me retenir : – Qu'est-ce qu'il y avait dedans ?

Elle s'est assise par terre et a posé une main sur son visage.

J'ai pensé qu'elle allait pleurer.

Elle m'a regardé. – T'as du fric ?

– Quoi ?

– Du fric. J'ai besoin de fric.

– Non. Je suis désolé. – En réalité, j'en avais, de l'argent, papa m'en avait donné pour mes dépenses à la montagne mais je voulais le mettre de côté pour m'acheter une chaîne stéréo.

– Dis-moi la vérité.

J'ai secoué la tête et écarté les bras. – Je te jure. Je n'en ai pas.

Elle m'a observé pour comprendre si j'étais en train de mentir. – Rends-moi service. Remets tout ça dedans et referme le carton. Elle a ouvert la porte de la cave. – Salut.

J'ai dit : – Écoute.

Elle s'est arrêtée. – Qu'est-ce qu'il y a ?

– S'il te plaît, ne dis à personne que je suis ici. Même pas à Nihal. Si tu le dis, je suis fichu.

Olivia m'a regardé sans me voir, elle pensait à autre chose, quelque chose qui la préoccupait. Puis elle a cligné des paupières comme pour se réveiller.

– Ok. Je dirai rien.

– Merci.

– Mais en tout cas, t'as la tronche orange. T'as trop forcé sur l'autobronzant. Et elle a fermé la porte.

L'opération bunker faisait eau de toutes parts. Maman voulait parler à la mère d'Alessia. Olivia m'avait pincé. Et en plus, j'avais le visage phosphorescent.

Je continuais à me regarder dans le miroir et à relire le mode d'emploi de l'autobronzant. Il ne disait pas combien de temps ça mettait pour partir.

J'ai trouvé un vieux paquet de Vim, je m'en suis tartiné le visage, et me suis allongé sur le lit.

La seule chose dont j'étais sûr, c'était qu'Olivia ne dirait rien. Elle ne semblait pas être du genre à cafter.

Au bout de dix minutes, je me suis lavé la figure, mais elle était toujours aussi orange.

J'ai fouillé dans le carton de ma sœur. Tout avait été jeté là-dedans en vrac. Il y avait surtout des vêtements et des chaussures. Un vieil ordinateur portable. Un appareil photo sans objectif. Un bouddha fait d'un bois tout puant. Des feuilles couvertes d'une grande écriture ronde. C'étaient en majorité des listes de choses à faire. Les invités à une fête et la liste des courses. Dans une chemise bleue, j'ai trouvé des photos d'Olivia quand elle était encore en forme. Sur l'une d'elles, elle était allongée sur un divan de velours rouge et elle ne portait qu'une chemise d'homme d'où pointait un téton. Sur une autre, elle était assise sur une chaise, et, cigarette au bec, elle enfilait des bas. Celle qui me plaisait le plus avait été prise de dos, la tête tournée vers l'objectif. D'une main, elle se tenait un sein. Et elle avait des jambes interminables.

Il ne fallait même pas y songer. Olivia était ma sœur à cinquante pour cent.

Parmi les photos, il y en avait une plus petite, en noir et blanc. Mon père, cheveux longs, jean et veste en cuir, était assis sur la borne d'un quai, une petite fille sur ses genoux, probablement Olivia, qui mangeait une glace.

J'ai éclaté de rire. Je n'aurais jamais imaginé que mon père, jeune, s'habille de cette manière si horrible. Moi, je l'avais toujours vu les cheveux grisonnants coupés court, en costume gris, cravate et chaussures à trous. Mais là, avec ces cheveux à la tennisman d'un autre temps, il semblait heureux.

Il y avait aussi une lettre qu'Olivia avait écrite à papa.

Cher papa,

je t'écris pour te remercier pour l'argent. Chaque fois que tu me sors du pétrin en utilisant ton pognon, je me demande : et si, au monde, l'argent n'existait pas, comment il ferait, mon père, pour m'aider ? Et puis je me demande si c'est le sentiment de culpabilité ou l'amour que tu éprouves pour moi qui te pousse à le faire. Tu sais quoi ? Je veux pas le savoir. J'ai eu de la chance d'avoir un père comme toi qui me laisse faire mes expériences et qui, lorsque je me trompe, pratiquement toujours, vient à mon secours. Mais maintenant, basta. Je ne veux plus que tu m'aides.

Moi je ne t'ai jamais plu, tu ne me supportes pas, quand tu es avec moi, tu es toujours trop sérieux. Peut-être parce que je suis la preuve vivante d'une histoire qui a complètement foiré et que chaque fois que tu penses à moi, la connerie que tu as faite d'épouser ma mère te revient à l'esprit. Mais, moi, je n'y suis absolument pour rien. Je suis sûre de ça. De tout le reste, non. Qui sait, si j'avais essayé de te voir plus souvent, si j'avais essayé de briser le mur qui nous séparait, peut-être que ça aurait été différent.

Je me suis dit que si je devais écrire un livre qui raconte ma vie, le chapitre sur toi, je l'intitulerais Journal d'une haine. En tout cas, je dois apprendre à ne pas te haïr. Je dois apprendre à ne pas te haïr quand ton fric m'arrive et que tu me téléphones pour me demander comment ça va. Je t'ai trop haï, sans m'épargner. Je suis fatiguée de le faire.

Donc, je te remercie une fois encore mais, désormais, même s'il te vient l'instinct de m'aider, réprime-le. Toi qui es maître dans l'art du refoulement et du silence.

Ta fille,
Olivia

Je l'ai relue au moins trois fois. Je n'imaginais pas qu'Olivia détestait autant papa. Je savais qu'ils ne s'entendaient pas mais, quand même, c'était son père. Et puis, bon sang de bonsoir ! D'accord, papa, si on ne le connaissait pas, on pouvait facilement le prendre pour un type antipathique. De ceux qui se prennent au sérieux et on dirait qu'ils sont les seuls à devoir tenir le monde sur leurs épaules. Mais si on le croisait en été à la mer, ou au ski, il était très gentil et sympa. Et puis, c'était Olivia qui ne voulait pas le voir, qui était toujours agressive et qui s'était alliée à la dentiste contre lui. Papa, il faisait son possible pour reconstruire une relation.

– Journal d'une haine… C'est un peu exagéré. Et puis qu'est-ce que tu peux bien en faire, de tous ces sous ? ai-je dit. Il avait bien fait de ne pas lui en donner. Elle ne les méritait pas. Et en plus, elle faisait des photos toute nue.

J'ai jeté toutes ses affaires dans le carton et je l'ai remis à sa place.

Il pouvait être trois heures du matin et je flottais, casque sur les oreilles, dans le noir, en jouant à *Soul Reaver* quand j'ai eu l'impression qu'il y avait un bruit dans la cave. J'ai enlevé mon casque et tourné lentement le regard.

Quelqu'un frappait à la fenêtre.

J'ai fait un bond en arrière et un frisson a couru le long de ma colonne vertébrale comme si j'avais des poils dans le dos et que quelqu'un était en train de les caresser. J'ai étouffé un hurlement.

Qui ça pouvait être ?

Qui que ce soit, il n'arrêtait pas de frapper.

Les carreaux reflétaient la lueur bleuâtre de l'écran télé et moi, debout, terrorisé.

J'ai essayé de déglutir, sans y parvenir. La peur me faisait tourner la tête. Je me suis mis à inspirer et à expirer. Je devais rester calme. Il n'y avait pas de danger. La fenêtre avait des barreaux et personne ne pouvait passer à travers à moins d'être mou comme un poulpe.

J'ai allumé la torche électrique et, tout tremblant, je l'ai pointée contre la fenêtre.

Derrière la vitre, il y avait Olivia qui me faisait signe d'ouvrir.

– La barbe ! ai-je soupiré. Je suis allé à la fenêtre et je l'ai ouverte en grand. L'air glacé est entré. – Bon, qu'est-ce que tu veux maintenant ?

Elle avait les yeux rouges et semblait très fatiguée.

– Putain. Ça fait une demi-heure que je tape.

– J'avais mon casque. Qu'est-ce qu'il y a ?

– J'ai besoin d'hospitalité, petit frère.

J'ai fait semblant de ne pas comprendre. – En quel sens ?

– Dans le sens que je ne sais pas où aller dormir.

– Et tu veux dormir ici ?

– Tu piges vite, c'est bien.

J'ai fait non de la tête. – Impossible.

– Pourquoi ?

– Parce que non. Ici, c'est ma cave. C'est moi qui y suis. Elle est pensée pour une seule personne.

Elle est restée en silence à me regarder, comme si elle croyait que je plaisantais.

J'ai dû ajouter : – Excuse-moi, c'est comme ça. Je ne peux vraiment pas…

Elle a secoué la tête, incrédule. – Il fait un froid de canard. Il doit faire moins cinq là-dehors. Je sais pas où aller, putain. Je te demande ça comme un service.

– Je suis désolé.

– Tu sais quoi ? T'es bien le fils de ton père.

– Notre père, ai-je corrigé.

Elle a sorti un paquet de Marlboro et s'en est allumé une. – Tu m'expliques pourquoi je peux pas rester ici cette nuit ? C'est quoi le problème ?

Que lui dire ? La rage commençait à monter en moi. Je la sentais peser contre mon diaphragme. – Tu bouleverses tous mes plans. Il n'y a pas de place. C'est dangereux. Moi, je suis ici incognito. Je ne peux pas t'ouvrir. Va-t'en ailleurs. Ou plutôt, j'ai une idée, sonne là-haut. Ils te feront dormir dans la chambre d'amis. Tu seras très bien…

– Plutôt que dormir chez ces deux connards, je préfère aller sur un banc de la villa Borghèse.

Comment pouvait-elle se permettre ? Mais qu'est-ce qu'il avait fait de mal, papa, pour mériter une fille pareille ? J'ai donné un coup de pied au mur. – S'il te plaît… Je t'en prie… ici, tout est en ordre, j'ai tout bien organisé les choses, de manière parfaite et toi tu te pointes et tu me flanques tout par terre… Je me suis aperçu que je pleurnichais, et moi je détestais pleurnicher.

– Alors… euh comment tu t'appelles ? Lorenzo.

Lorenzo, écoute-moi bien. Moi, j'ai été sympa. Ce matin, tu m'as demandé de rien dire et j'ai rien dit. Je t'ai pas posé de questions. Je veux rien savoir. C'est tes oignons. Je te demande juste un service. Tu sors un instant, tu m'ouvres la porte du hall, moi j'entre. Ni vu ni connu, je t'embrouille.

– Non. J'ai juré de ne pas sortir.

Elle m'a regardé. – À qui tu l'as juré ?

– À moi-même.

Elle a tiré sur sa cigarette. – Alors tu sais ce que je vais faire ? Là maintenant, je vais me pendre à l'interphone et je leur annonce que t'es dans la cave. Qu'est-ce que t'en dis ?

– Tu ne ferais jamais ça...

Elle a sorti un petit sourire vicieux. – Ah non ? Tu me connais pas... Elle s'est déplacée au centre du jardin et d'une voix assez forte, elle a dit : – Attention, attention ! Dans la cave s'est caché un gamin. C'est Lorenzo Cuni qui fait semblant d'être au ski... Copropriétaires...

J'ai jeté mes bras contre les barreaux et l'ai implorée. – Tais-toi, s'il te plaît, tais-toi !

Elle m'a regardée, amusée. – Alors, tu ouvres ou je dois réveiller tout l'immeuble ?

Je ne pouvais pas y croire, qu'elle soit si perfide. Elle m'avait bien eu. – Ok. Mais demain matin, tu t'en vas. Tu me le promets ?

– Je te le promets.

– J'arrive. Va à la porte d'entrée.

Je suis sorti avec une telle hâte que c'est en courant dans le couloir que je me suis aperçu que je n'avais pas mes chaussures. Je devais faire très vite. Heureusement, il était tard. Mes parents rentraient souvent tard, mais jamais à trois heures du matin.

« T'imagines si, en ouvrant la porte du hall, je tombe nez à nez sur mes parents qui rentrent ? J'aurais l'air fin », me suis-je dit en montant les escaliers quatre à quatre. Je suis passé devant la loge du concierge. La nuit, inutile de s'inquiéter du Cercopithèque. Son sommeil n'en était pas un, c'était une sorte de léthargie, m'avait-il expliqué, et c'était la faute des bohémiens qui avaient foutu le bordel dans son rythme veille-sommeil. Environ trois ans auparavant, une nuit, ils étaient entrés chez lui et ils lui avaient pulvérisé un spray anesthésiant en pleine poire. Avec tous ces appartements pleins d'argent, de tableaux et de bijoux, ces abrutis étaient allés voler chez le Cercopithèque. Ils avaient pris une paire de lunettes de vue, et une radio. Bref, le pauvre malheureux avait dormi trois jours d'affilée. Même aux urgences, ils n'avaient pas réussi à le garder réveillé. À partir de ce jour-là, m'avait-il expliqué, il était toujours crevé et quand il s'endormait, il avait le sommeil si profond que « s'il y a un tremblement de terre, moi je suis foutu. Putain, de quoi ils m'ont aspergé, ces salopards de bohémiens ? »

J'ai traversé le hall. Le marbre froid sous mes pieds.

J'ai ouvert la grande porte d'entrée et elle était là, qui m'attendait.

– Merci, petit frère, a-t-elle dit.

6.

Olivia s'est assise sur le canapé Elle a enlevé ses bottes, a croisé les jambes et s'est allumé une autre cigarette. – C'est vraiment un bel endroit ici. On y est super bien.

– Merci. Ça m'est venu tout seul, de lui répondre comme si c'était chez moi.

– T'as un truc à boire ?

– Il y a du jus de fruits, du Coca… chaud et de l'eau.

– T'as pas de la bière ?

– Non.

– Alors, un peu de jus de fruits, a-t-elle commandé, comme si elle était au bar.

Je lui ai apporté la bouteille et elle en a bu une grande gorgée et elle s'est essuyé la bouche avec la manche de son gilet. – Voilà, c'est le premier moment peinard de la journée. Elle s'est frotté les yeux et a soufflé un nouveau nuage de fumée. – J'ai besoin de me reposer. Elle a posé la tête contre le dossier du canapé et elle est restée immobile à fixer le plafond sombre.

Je la regardais en silence sans savoir quoi dire. Peut-être qu'elle n'avait pas envie de parler ou qu'elle estimait que je n'étais pas quelqu'un avec qui bavarder. J'aimais mieux ça.

Je me suis allongé et me suis mis à lire mais je n'arrivais pas à me concentrer. Je l'observais de derrière mon livre. Elle avait la cigarette au bec et les yeux clos. La cendre s'allongeait, mais elle, elle ne la secouait pas. J'avais peur que ça lui tombe dessus et que ça la brûle.

– Tu as froid ? Tu veux une couverture ? lui ai-je demandé pour essayer de comprendre.

Elle a mis un sacré bout de temps à me répondre. Les yeux fermés, elle a dit : – Oui, merci.

– Il y a celles de la comtesse… Elles sont vieilles et elles puent un peu.

– La comtesse ?

– Oui. Celle qui habitait chez nous avant nous. Figure-toi que papa a acheté l'appartement et qu'il ne l'a pas chassée. Il a attendu qu'elle meure. Pour l'aider. Toutes ces affaires, c'est la maison de la comtesse Nunziante.

– Ah. Il a acheté en nue-propriété.

– Qu'est-ce que ça veut dire ?

– Tu sais ce que c'est, la nue-propriété ?

– Non.

– C'est quand quelqu'un qui n'a aucun parent et plus un sou vend sa maison à un prix très bas, mais qu'il peut y rester jusqu'à sa mort… C'est pas facile à expliquer. Elle a ri toute seule. – Attends, je vais mieux te l'expliquer… Elle parlait au ralenti, comme si elle n'avait pas les mots. – Imagine que t'es vieux et que t'as personne, t'as une retraite de quatre sous, alors qu'est-ce que tu fais ? Tu vends ton appart' avec toi dedans et c'est seulement quand tu clamses que la maison et tout le binz qu'est dedans vont à celui qui l'a acheté… T'as pigé ?

– Oui. Je n'avais rien compris du tout. – Mais pour combien de temps ?

– Ça dépend de quand tu meurs. Un jour ou dix ans. On raconte que, dès que t'as vendu en viager, tu meurs jamais. T'as un type subclaquant, il vend en viager occupé et il vit encore vingt ans.

– Et comment ça se fait ?

– J'en sais rien… Mais je crois que si les gens espèrent que tu meures…

– Donc, si t'as acheté la maison, tu dois espérer que le vieux meure vite. C'est moche.

– Bravo. Donc papa… il a acheté la… votre maison quand la … Et elle s'est bloquée. J'ai attendu qu'elle finisse mais je me suis aperçu que ses bras étaient tombés comme si on lui avait tiré dans la poitrine. Sa cigarette, pendue aux lèvres, était éteinte, la cendre avait atterri dans son cou.

Je me suis avancé tout doucement. J'ai approché mon oreille de son visage. Elle respirait.

Je lui ai retiré le mégot, j'ai pris une couverture et l'ai posée sur elle.

Quand je me suis réveillé, le soleil était déjà haut dans le ciel bleu et sans nuages. Le palmier s'agitait, secoué par le vent. À Cortina, c'était un jour parfait pour skier.

Olivia était couchée en chien de fusil sur le canapé et elle dormait, le visage collé à un oreiller dégoûtant. Elle devait être vraiment fatiguée.

« Laissons-la tranquille encore un peu », ai-je dit, et je me suis rappelé que mon portable était éteint. J'ai à peine eu le temps de l'allumer que trois messages me sont arrivés. Deux de ma mère. Elle était inquiète et voulait que je l'appelle dès que je serais dans un endroit où il y avait du réseau. Un autre de mon père. Et il disait que maman était inquiète et que je devais l'appeler dès qu'il y avait du réseau.

J'ai pris mon petit déjeuner et je me suis mis à jouer à *Soul Reaver*.

Olivia s'est réveillée une heure plus tard.

Moi j'ai continué à jouer mais de temps en temps je jetais un coup d'œil sur elle, en cachette. Je voulais lui faire comprendre que j'étais un dur, du genre qui ne supporte personne.

On aurait dit qu'elle avait été mâchée et recrachée par un monstre qui l'avait trouvée amère. Elle a mis une heure pour se redresser. Elle avait les traces de l'oreiller sur la joue et le front. Elle n'arrêtait pas de se frotter les yeux et de remuer sa langue dans sa bouche. Enfin, elle a émis un son rauque :

– De l'eau.

Je lui en ai apporté. Elle s'est accrochée à la bouteille. Puis elle a commencé à se tâter les bras et les jambes en faisant des grimaces de douleur. – J'ai mal partout. Comme si j'avais du fil de fer barbelé dans les muscles.

J'ai levé les mains. – Tu as dû attraper froid. Moi, ici, je n'ai pas de médicaments. Tu devrais aller à la pharmacie. Si tu vas sur la place…

– Je vais pas arriver à partir.

– Comment ça ? Tu m'avais promis que ce matin tu partirais.

Olivia s'est passé une main sur le front. – C'est comme ça qu'ils t'ont élevé ? Ils t'ont appris à être un salaud. Ça peut pas être seulement l'éducation, doit y avoir quelque chose de mauvais et de tordu en toi.

Je suis resté silencieux, tête basse, incapable de répondre. Mais, bon sang, qu'est-ce qu'elle me voulait, celle-là ? Elle n'était même pas ma sœur. Je ne la connaissais pas. Moi, je n'emmerdais personne, pourquoi elle, elle venait m'emmerder ? Elle était entrée dans ma tanière avec une fausse promesse et maintenant, elle ne voulait plus en sortir.

Elle s'est levée à grand-peine, s'est agenouillée avec une grimace de douleur et m'a regardé. Elle avait les pupilles si larges et noires que le bleu de son iris ne se voyait presque plus. – Tu sais, si tu te planques et que tu t'occupes que de tes oignons, ça veut pas dire pour autant que t'es quelqu'un de bien. C'est trop facile de voir les choses comme ça.

On aurait dit qu'elle avait lu dans mes pensées.

– Je suis désolé… Il n'y a pas assez de nourriture pour nous deux. Il n'y a que ça. Et puis, il faut rester en silence ici. Et puis… Non. C'est impossible. Moi, je dois rester seul, ai-je balbutié en serrant les poings.

Elle a levé les mains comme si elle se rendait. – Ok, d'accord, je me tire. T'es trop con.

– C'est ça, oui.

– Et t'es cinglé.

– Exact.

– Et en plus, tu pues.

Je me suis reniflé sous une aisselle. – Qu'est-ce que ça peut faire ? Ici, y a que moi, rien que moi. Je peux puer autant que je veux, comme je veux. Et puis, c'est l'hôpital qui se fout de la charité. Tu pues toi aussi…

À ce moment-là, le téléphone a sonné.

C'était ma mère.

J'ai fait semblant de rien, en espérant que ça s'arrête, mais ça ne s'arrêtait pas.

Olivia m'a regardé : – Qu'est-ce que tu fais ? Tu réponds pas ?

– Non.

– Pourquoi ?

– Parce que.

Ça continuait à sonner. Maman devait être très en colère. Je l'imaginais, dans sa chambre, assise sur le lit, qui soupirait. D'un bond, j'ai sauté sur les meubles et j'ai attrapé mon portable. J'ai répondu. – Maman.

– Lorenzo. Tout va bien ?

– Oui.

– Je t'ai appelé cent fois.

– Tu as reçu mon message ?

– Mais tu crois que ce sont des façons de faire ? Tu devais m'appeler avant de partir pour le refuge.

– Je sais… Excuse-moi mais on est partis très vite. J'allais t'appeler.

– Tu m'as fait faire du souci. Comment vas-tu ?

– Bien. Très bien.

– Il faut que je parle à la mère d'Alessia.

– Pour l'instant, elle ne peut pas. Rappelle-moi plus tard.

Elle est restée silencieuse une seconde, puis elle a explosé : – Maintenant ça suffit, Lorenzo. Ou tu me passes la mère d'Alessia, ou j'appelle les parents de tes autres camarades. Elle avait la voix dure et se retenait pour ne pas se mettre à hurler. – Ça suffit avec cette histoire. Qu'est-ce que tu me caches ?

Elle était arrivée en bout de course. Je ne pouvais pas la faire lanterner plus longtemps. J'ai regardé Olivia. – La voilà… Attends, je vais l'appeler. Je vais voir si elle peut venir. J'ai posé le téléphone et je suis descendu. Je me suis assis à côté d'Olivia et je lui ai murmuré à l'oreille : – S'il te plaît, tu dois m'aider… Je t'en prie. Tu dois faire semblant d'être la mère d'Alessia. Maman pense que je suis allé skier à Cortina chez une fille qui s'appelle Alessia Roncato qui m'a invité pour une semaine à la neige. Tu dois faire semblant d'être la mère d'Alessia. Dis-lui que je vais bien et que tout se passe super bien. Ah, c'est très important que tu lui dises aussi que je suis sympa.

Un petit sourire infâme a incurvé la bouche de ma demi-sœur. – Je crois pas, non…

– S'il te plaît.

– Plutôt crever.

Je lui ai attrapé le poignet. – Si elle découvre que je ne suis pas allé skier, je suis fichu. Ils vont m'expédier chez le psy.

Elle s'est libérée de mon étau. – Mais jamais de la vie. Je tire pas de la merde un petit con égoïste qui me chasse de sa cave pouilleuse.

Quelle salope, elle m'avait piégé à nouveau. – Bon d'accord. Si tu lui parles, tu peux rester.

Elle a ramassé ses bottes par terre. – Qui c'est qui veut rester ici ? Pas moi en tout cas.

– Je te jure que je ferai tout ce que tu voudras.

– À genoux. Et elle a montré le sol.

– À genoux ?

– À genoux.

J'ai obéi.

– Répète. Je jure sur la tête de mes parents que je serai l'esclave d'Olivia Cuni…

– Allez, elle est en train d'attendre au téléphone… Vas-y, ai-je pleurniché, super énervé.

Elle, en revanche, elle était très calme. – Répète.

Elle me rendait dingue. – Je jure, sur la tête de mes parents, que je serai l'esclave d'Olivia Cuni…

– Pour le reste de ma vie…

– Pour le reste de ma vie ? ! T'es devenue folle ? J'ai regardé le plafond et j'ai dit en soupirant : – Pour le reste de ma vie.

– Et je serai toujours gentil et disponible avec elle.

– Et je serai toujours gentil et disponible avec elle. Maintenant vas-y, s'il te plaît…

Elle s'est levée avec une grimace de douleur. – Ta mère, elle la connaît, cette femme ?

– Non.

– Comment elle s'appelle, sa fille ?

– Alessia. Alessia Roncato.

Elle marchait comme une vieille arthritique et

elle a eu des difficultés pour se hisser jusqu'à la fenêtre. Elle devait aller mal pour de vrai. Mais quand elle a parlé, elle avait la voix claire. – Allô, madame Cuni ? Bonjour. Comment allez-vous ?

Moi, d'angoisse, j'ai commencé à me mordre la main.

Elle semblait super heureuse de parler avec ma mère. – Bien sûr... Bien sûr... Oui, bien sûr, Lorenzo me l'a dit. Excusez-moi si ce n'est pas moi qui vous ai appelée, ce n'est pas de ma faute, mais nous avons un tas de choses à faire. Vous savez comment c'est, à la montagne. Je vous en prie... Je vous en prie... Merci, c'est un vrai plaisir, c'est un garçon si bien élevé... Bien sûr qu'on peut se tutoyer. En tout cas, ici, tout va bien. De la neige ? S'il y a de la neige ? Elle m'a regardé sans savoir quoi répondre.

– Un peu, lui ai-je soufflé à voix basse.

– Un peu, a-t-elle dit, sereine. – Alessia est très contente. Elle m'a regardé et a secoué la tête. – Ton fils, si je peux me permettre, est très très sympathique. Il fait rire tout le monde. C'est un vrai plaisir de l'avoir ici avec nous. C'est un garçon si généreux.

– Géniale. Tu es génialissime, me suis-je laissé aller à dire, sans m'en apercevoir.

– Si tu veux, je te laisse mon numéro de portable. Mais de toute façon, c'est nous qui allons te rappeler. À bientôt... Bonne journée à toi aussi. D'accord. D'accord. Merci. Merci.

Et elle a raccroché.

J'ai sauté en l'air en levant les bras. – Super ! Tu as été très très bonne. Tu étais tout pareil que la mère d'Alessia. Mais, tu la connais ou quoi ?

– Je connais le genre, a-t-elle dit, et puis, elle s'est appuyée contre le mur, elle a fermé fort les yeux, les a rouverts, m'a regardé et elle s'est vomi dans les mains.

Elle a continué à vomir aux toilettes. Ou plutôt, elle s'efforçait de vomir, mais n'y arrivait pas. Puis elle s'est jetée sur le canapé, épuisée, et elle a quitté son pantalon. Ses jambes maigres tremblaient et elle ruait comme si elle voulait se débarrasser de ce tremblement. – On y est. Putain, elle est arrivée... a-t-elle haleté, les yeux fermés.

Mais quelle sorte de maladie avait-elle ? Et si c'était contagieux ?

– Qu'est-ce que c'est qui est arrivé ?

– Rien... C'est rien.

– Mais qu'est-ce que tu as ? Ta maladie, tu peux me la refiler ?

– Non. T'inquiète, fais pas chier, occupe-toi de tes affaires, comme si j'étais pas là. Ok ?

J'ai dégluti. – Ok.

Elle avait la malaria. Comme le Caravage.

Elle m'avait dit de m'occuper de mes affaires. Parfait. Aucun problème. Moi, j'étais un champion pour ça. Je me suis mis à jouer à *Soul Reaver*. Il y avait toujours le même monstre que je n'arrivais pas à battre. Mais de temps à autre, je ne pouvais m'empêcher de l'épier.

Elle n'arrivait pas à rester immobile plus d'une minute. Elle s'agitait, changeait de position comme si elle était allongée sur un tapis de tessons de bouteilles. Elle s'enveloppait dans la couverture, la rejetait et elle s'agitait et elle souffrait comme si quelqu'un la torturait.

Ça me hérissait qu'elle se lamente de façon si exagérée. J'avais l'impression que tout ça n'était que du chiqué et qu'elle le faisait juste pour m'embêter.

J'ai mis mon casque au maximum, je me suis tourné vers le mur et j'ai plongé la tête dans mon livre si près que j'en louchais, j'ai lu quelques lignes et j'ai fermé les yeux.

Je les ai rouverts deux heures plus tard. Olivia était assise au bord du canapé, tout en sueur, elle bougeait nerveusement les jambes et regardait le sol. Elle avait ôté son gilet, elle avait un grand T-shirt bleu qui bâillait et on apercevait ses deux seins qui tombaient. Elle était si maigre que je voyais tous ses os et ses pieds étaient longs et fins. Son long cou de lévrier, ses épaules larges, ses bras…

Qu'est-ce qu'elle avait au creux de ses bras ?

Des taches violacées constellées de petits points rouges.

Elle a soulevé la tête. – Bien dormi, hein ?

L'endroit en Sicile où voulait l'envoyer papa…

– Comment ?

L'argent…

– T'as pioncé ?

Mes parents qui cessaient de parler d'Olivia dès qu'ils me voyaient.

– Oui…

La maladie qui ne s'attrape pas…

– Faut que je mange quelque chose…

Elle était comme ceux de la villa Borghèse. Ceux des bancs. Ceux qui vous demandent si vous avez quelques pièces de monnaie. Ceux avec les bières. Moi, je passais au large de ces gens-là. Ils m'avaient toujours fait peur.

– Tu me donnes un biscuit… Un peu de pain…

Et maintenant, un de ceux-là était ici.

Je me suis levé, j'ai pris le sachet de pain de mie et je le lui ai apporté.

Un de ceux-là était à côté de moi. Dans ma tanière.

Elle a jeté le pain sur le canapé. – Faut que je me lave… Je me dégoûte…

– Y a que de l'eau froide. Je me suis étonné de réussir à lui répondre.

– Aucune importance. Faut que je réagisse, s'est-elle dit à elle-même, elle s'est mise debout et est allée dans les toilettes.

J'ai attendu que l'eau coule et je me suis jeté sur son petit sac à dos. Dedans, il y avait un portefeuille tout pourri, un agenda bourré de feuilles, son portable et des seringues enveloppées dans un sac plastique.

7.

Allongé sur le lit, je fixais le plafond. Le silence était là, mais si j'arrêtais de respirer, j'entendais Olivia dans les toilettes, les voitures qui passaient dans la rue, le frottement du balai du Cercopithèque dans la cour, un téléphone qui sonnait au loin, le brûleur de la chaudière, les vrillettes. Et je sentais l'odeur de tous ces trucs amassés, celle, piquante, du bois des meubles, celle, amère, des tapis humides.

Un bruit sourd.

J'ai levé la tête de l'oreiller.

La porte des toilettes était entrouverte.

Olivia était par terre, nue, blanche, pliée entre la cuvette des W-C et le lavabo, elle essayait de se relever mais n'y arrivait pas. Ses jambes glissaient sur le carrelage mouillé comme celles d'un cheval sur une plaque de verglas. Sur la chatte, elle n'avait pas beaucoup de poils.

Je suis resté immobile à la fixer.

Elle ressemblait à un zombie. Un zombie sur qui on vient de tirer.

Elle, elle m'a vu, là debout à côté du chambranle de la porte, et elle a grincé des dents.

– Sors ! Dégage de là ! Ferme cette putain de porte !

Je suis allé prendre la robe de chambre de la comtesse Nunziante et l'ai accrochée à la poignée de la porte. Quand elle est sortie, enveloppée dans un drap de bain crasseux, elle l'a prise, l'a regardée, l'a enfilée et elle s'est allongée sur le canapé, et sans me dire un mot, elle m'a tourné le dos.

Moi, j'ai mis mon casque. Dedans, il y avait un CD de papa. C'était un morceau de piano qui n'en finissait plus, cette musique si calme et si répétitive me faisait me sentir distant, de l'autre côté d'une vitre, comme si je regardais un documentaire. Elle et moi, nous n'étions pas dans la même pièce.

Au fil des heures, ma sœur allait de pire en pire. Elle tremblait comme si elle avait de la fièvre. Elle était un quai contre lequel venaient se briser des vagues de douleur. Elle gardait les yeux clos, mais ne dormait pas. Je l'entendais se plaindre pour elle-même. – Va te faire foutre. Fait chier. J'en peux plus… J'vais pas pouvoir continuer comme ça.

La musique, toujours pareille, continuait de battre à mes oreilles, tandis que ma sœur se levait du canapé, se rasseyait, se grattait les jambes au sang, se

relevait, s'agitait, appuyait sa tête contre la porte de l'armoire. Le visage contracté par la douleur. Elle se mettait à inspirer et à expirer, les mains sur les côtes.
– Allez, Olì, tu peux y arriver… Allez… Allez, putain. Puis elle s'est recroquevillée dans un coin, les mains pressées contre son visage. Et elle est restée ainsi un bon bout de temps.

J'ai poussé un soupir de soulagement. Elle semblait s'être endormie dans cette position très inconfortable. Mais non, pas du tout, elle s'est levée et a commencé à flanquer des coups de pied dans tout ce qu'elle trouvait.

J'ai ôté mon casque, je me suis levé et l'ai attrapée par un poignet. – Ferme-la ! Sinon, tout le monde va nous entendre ! Je t'en prie…

Elle m'a regardé, les yeux injectés de haine et de sang, et elle m'a repoussé. – Je t'en prie mon cul. Mais va te faire foutre ! Remets ton casque à la con. Pauvre abruti. Elle a shooté dans le chien en céramique, il est tombé et sa tête s'est cassée.

J'ai imploré, essayant de l'arrêter. – S'il te plaît.. S'il te plaît… Ne fais pas ça… On est foutus, si tu fais ça. Tu veux le comprendre ou pas ?

– Dégage de là. Je jure sur le bon Dieu que je vais te crever. Elle m'a jeté dessus une lampe en verre qui a éclaté en mille morceaux.

Une rage aveugle m'a envahi. Mes muscles se sont raidis et, comme si j'explosais, j'ai hurlé. – Non, c'est moi qui vais te crever ! Et, tête baissée, je lui ai foncé dessus. – C'est toi qui dois me foutre la paix ! Tu veux le comprendre, ça ? J'ai tendu les bras et je l'ai bousculée avec violence.

Olivia a valdingué en arrière, elle a trébuché et s'est cogné la tête contre l'armoire. Elle s'est paralysée, bouche bée, incrédule.

– Qu'est-ce que tu me veux ! Fous-moi le camp ! ai-je braillé.

Olivia s'est approchée et m'a flanqué une gifle monumentale. – Connard… Je te permets pas.

Je vais la tuer, me suis-je dit en tâtant ma joue en feu. J'ai senti un nœud bouillant au fond de la gorge, j'ai retenu mes larmes, j'ai serré les poings, et je me suis jeté contre elle. – Fous le camp, sale camée de merde !

Nous avons atterri sur le canapé. Moi dessus, elle dessous. Olivia ruait et lançait ses poings en l'air, essayant de se libérer, mais moi j'étais plus fort qu'elle. Je lui ai attrapé les poignets et je lui ai hurlé à dix centimètres du visage : – Putain, mais qu'est-ce que tu me veux ? Dis-le-moi !

Elle, elle a essayé de se libérer, mais, tout à coup, comme si elle n'avait plus de forces pour combattre, elle s'est laissée aller, a rendu les armes, et je me suis écroulé sur elle.

Je me suis relevé et me suis éloigné. J'étais tout tremblant, épouvanté à l'idée de ce que j'aurais pu lui faire. J'aurais pu la tuer. J'ai commencé à envoyer des coups de pied contre les cartons pour me calmer. Un éclat de verre s'est fiché dans mon talon. Je l'ai retiré en grognant de douleur.

Olivia, pendant ce temps, sanglotait, le visage contre le dossier et les jambes serrées entre ses bras.

– Bon, maintenant ça suffit ! J'ai couru en boitillant vers mon sac à dos et j'ai pris mes sous dans l'enveloppe et j'ai hurlé : – Voilà. Tiens. Sers-toi. Prends-les. L'essentiel c'est que tu te casses. Et je les lui ai balancés à la figure.

Olivia s'est levée et les a ramassés par terre. – Quel fils de pute... Je le savais que t'en avais, du fric. Elle a pris son pantalon, a serré les billets dans son poing et a fermé les yeux. Les larmes coulaient sur le côté de ses paupières. Ses épaules tressautaient. – Non. Je peux pas... Elle a laissé tomber l'argent et s'est mis une main sur le visage. – J'ai juré d'arrêter. Et cette fois... j'arrête... sinon c'est foutu.

Je ne comprenais rien. Ses mots se mêlaient à ses sanglots.

– Je suis une merde... J'ai... couché... J'ai couché avec lui... Mais comment j'ai pu faire ça ? Elle m'a regardé et m'a pris la main. – J'ai baisé avec un gros dégueulasse pour une dose. Ce porc m'a sautée au milieu des bagnoles. Quelle horreur... Dis-le que je te fais horreur... Dis-le, dis-le... S'il te plaît... Elle s'est affaissée à terre et s'est mise à râler comme si elle avait reçu un coup de poing dans l'estomac.

Elle respire plus, ai-je pensé en me bouchant les oreilles, mais son râle me vrillait les tympans.

Quelqu'un doit l'aider. Quelqu'un doit venir ici. Sinon, elle va mourir.

– Je vous en prie… Je vous en prie… aidez-moi, ai-je supplié les murs de la pièce.

Et puis je l'ai vue.

Étendue à terre, au milieu du fric, seule et désespérée.

Au fond de moi, quelque chose s'est brisé. Le géant qui me retenait contre sa poitrine de pierre m'avait libéré.

– Excuse-moi, je voulais pas te faire du mal. Je suis désolé… J'ai attrapé ma sœur par les bras et je l'ai soulevée de terre.

Elle n'avait plus de souffle, comme si quelque chose lui obstruait la gorge. Je ne savais que faire, je la secouais et je lui tapais dans le dos. – Ne meurs pas. Je t'en supplie. Ne meurs pas. Je vais t'aider maintenant. Je m'occupe de tout… Et petit à petit, j'ai senti qu'un fil d'air entrait dans sa bouche et descendait dans sa poitrine. Très peu au début, puis, à chaque respiration, un peu plus et, à la fin, elle a dit en un murmure : – Je meurs pas. Il en faut bien davantage pour me tuer.

Je l'ai enlacée, j'ai posé mon front dans son cou, mon nez sur sa clavicule et j'ai éclaté en sanglots.

Je n'arrivais plus à m'arrêter. Les pleurs surgissaient par rafales, je me calmais pendant quelques instants, puis je me gonflais et je reprenais plus fort qu'avant.

Olivia tremblait et claquait des dents. Je l'ai enveloppée dans une couverture mais elle, elle s'en est à peine aperçue. On aurait dit qu'elle dormait, mais elle ne dormait pas. Elle serrait les lèvres à cause de la douleur.

Je me sentais inutile. Je ne savais que faire. – Un peu de Coca-Cola, ça te dit ? Un sandwich ? lui ai-je demandé.

Elle ne m'a pas répondu.

Et à la fin, je lui ai dit : – Tu veux que j'appelle papa ?

Elle a ouvert les yeux et a murmuré : – Non, s'il te plaît, surtout pas.

– Alors qu'est-ce que je peux faire ?

– Tu veux vraiment m'aider ?

J'ai fait signe que oui.

– Alors faut me trouver des somnifères. J'ai besoin de dormir. Sinon, je vais pas tenir longtemps.

– Ici, j'ai que de l'aspirine, du Doliprane et de la Polaramine.

– Non, c'est pas ça qu'il me faut.

Je me suis assis sur le lit. J'étais embarrassé de rester là à la regarder comme un idiot, sans savoir quoi faire pour l'aider.

Avec grand-mère Laura, j'éprouvais la même chose.

Depuis deux ans, une tumeur lui rongeait l'estomac et elle avait subi un tas d'opérations et chaque fois qu'on allait la voir, elle était là, dans cette petite chambre d'hôpital, avec ces fauteuils en faux cuir, *Gente* et *L'Espresso* que nous étions les seuls à lire, les meubles en formica, les murs vert pâle, la cafétéria avec des croissants rassis, les infirmières un peu nerveuses avec leurs horribles sabots blancs, les dalles dégueulasses sur le balcon sans plantes et elle, dans ce lit métallique, gavée de médicaments, bouche ouverte sans son dentier, et mes parents qui étaient là à la regarder en silence, à se faire des petits sourires lèvres serrées alors qu'ils souhaitaient qu'elle meure au plus vite.

Je ne comprenais pas pourquoi nous devions aller la voir. Grand-mère avait du mal à nous reconnaître.

« On lui tient compagnie. Ça te ferait plaisir à toi aussi », me disait maman.

Non, ce n'était pas vrai. C'est gênant d'être vu quand on va mal. Et quand quelqu'un est en train de mourir, il a envie qu'on le laisse seul. Cette histoire de visites, vraiment je ne la comprenais pas.

J'ai regardé ma sœur. Elle était toute tremblante.

Puis soudain je me suis souvenu.

Quel imbécile. Je savais où les trouver, les médicaments. – Je m'en occupe. Toi, tu restes ici, je reviens tout de suite.

8.

Sous une pluie légère, j'ai pris le 30.

Heureusement, quand je suis sorti de l'immeuble, le Cercopithèque piquait son petit roupillon de l'après-midi.

Je me suis assis au fond du bus, la capuche de mon sweat baissée sur mon front. J'étais un agent secret en mission pour sauver ma sœur et rien ne pourrait m'arrêter.

La dernière fois qu'on avait accompagné grand-mère à l'hôpital, juste avant de sortir de la maison, elle m'avait murmuré à l'oreille : – Mon trésor, prends dans ma table de chevet tous les médicaments et cache-les dans mon sac. À la clinique, ces satanés docteurs ne m'en donnent pas assez pour que je ne souffre pas. Mais fais attention à ne pas te faire voir.

J'avais réussi à les mettre dans son sac sans que personne s'en aperçoive.

Je suis descendu à quelques pas de la villa Ornella.

Mais quand je me suis retrouvé devant la clinique, tout mon courage s'était évanoui. J'avais promis à grand-mère de venir la voir seul, mais je ne l'avais jamais fait. Je n'arrivais pas à discuter avec elle comme si nous étions encore chez elle. Les fois où j'y étais allé avec papa et maman, ça avait été une vraie torture.

« Allez, Lorenzo, là maintenant, tu vas y arriver » me suis-je dit et j'ai vérifié sur le parking. Les voitures de mon père et de ma mère n'étaient pas là. En deux bonds, j'ai franchi les marches de l'entrée de la clinique et j'ai traversé le hall en courant. La sœur, derrière le comptoir, a levé la tête de l'écran de son ordinateur mais elle a eu à peine le temps de voir une ombre disparaître dans l'escalier. J'ai foncé jusqu'au troisième étage. J'ai longé le long couloir aux carreaux blancs et marron. Il y en avait 3 225. Je les avais comptés le jour où grand-mère avait été opérée. J'étais resté tout l'après-midi à l'hôpital avec papa, et elle, elle ne remontait plus du bloc.

Je suis passé devant la salle des infirmières. Elles riaient. J'ai tourné à droite, un mort vivant est venu à ma rencontre, en traînant ses savates. Il portait un pyjama bleu clair bordé d'un liseré bleu marine. Des poils blancs frisés sortaient du V de sa veste. Une cicatrice violacée traversait une de ses pommettes et aboutissait près de sa bouche. Une femme allongée sur une civière regardait le tableau d'une mer en tempête accroché au mur. D'une porte a jailli une toute petite fille et la main de sa mère l'a rattrapée.

Chambre 103.

J'ai attendu que mon cœur ralentisse et j'ai abaissé la poignée.

La poche d'urine était presque pleine. Le dentier trempait dans un verre d'eau sur la table de chevet. La perfusion sur le trépied. Grand-mère Laura dormait dans le lit à barreaux. Ses lèvres étaient tombées dans sa bouche grande ouverte. Elle était si petite et si maigre que j'ai pensé que j'aurais pu la soulever dans mes bras et l'emmener.

Je me suis approché et l'ai observée, en mordillant l'intérieur de ma joue.

Comme elle était vieille. Un sac d'os recouvert d'une peau rugueuse et desquamée. Une jambe pointait de dessous le drap. Elle était noir et bleu et sèche comme un bâton, le pied tout tordu et le gros orteil plié vers l'intérieur comme s'il avait une âme en fil de fer. Elle sentait le talc et l'alcool à 90 degrés. Ses cheveux, qu'elle gardait toujours attachés dans un filet lorsqu'elle était en bonne santé, étaient dénoués et s'étalaient sur l'oreiller, longs et blancs comme ceux des sorcières.

Elle pouvait aussi bien être morte. Pourtant, sur le visage, il n'y avait pas la paix des cadavres, mais une expression douloureuse et raidie, comme si sa chair était traversée par un courant de souffrance.

Je me suis approché du pied du lit et j'ai recouvert sa jambe avec le drap. Son sac en daim était dans l'armoire. Je l'ai ouvert et j'ai pris tous les flacons et les boîtes de médicaments et je les ai glissés dans les poches de ma veste. Tandis que je refermais la fermeture Éclair, j'ai entendu dans mon dos un murmure : – Lo…ren…zo…, c'est toi ?

Je me suis retourné d'un coup. – Oui, grand-mère, c'est moi.

– Lorenzo, tu es venu me voir ? Un élancement de douleur a contracté son visage. Elle gardait les yeux mi-clos. Ses globes oculaires translucides étaient cernés de rides froncées.

– Oui.

– C'est bien mon petit. Assieds-toi près de moi…

Je me suis assis à côté du lit sur un tabouret métallique.

– Grand-mère, il faudrait…

– Donne-moi ta main.

J'ai serré la sienne. Elle était chaude.

– Quelle heure est-il ?

J'ai regardé la pendule sur le mur. – Deux heures dix.

– Du matin… Elle a bougé et m'a serré doucement la main. – ou de… ?

– … de l'après-midi, grand-mère.

Je devais m'en aller. C'était dangereux de rester ici. Si les infirmières me voyaient, elles le diraient sûrement à mes parents.

Grand-mère est demeurée silencieuse en respirant par le nez comme si elle s'était endormie, puis elle s'est retournée, cherchant une meilleure position.

– Ça te fait mal ?

Elle s'est touché l'estomac. – Ici... ça ne s'arrête jamais. Je suis désolée que tu me voies souffrir. C'est si moche de mourir ainsi. Elle sortait les mots un à un, comme si elle les cherchait dans une boîte vide.

– Non, tu ne vas pas mourir, ai-je murmuré, les yeux rivés sur la poche jaune de l'urine.

Elle a souri. – Non, pas encore. Mon corps ne veut pas s'en aller. Il ne veut pas comprendre que c'est fini.

Je voulais lui dire qu'il fallait que je me sauve, mais je n'en avais pas le courage. J'ai fixé les vêtements placés sur le valet en bois : la jupe bleue, le chemisier blanc, le cardigan rouge sombre.

Elle ne les mettra plus, ai-je pensé. Ou plutôt, ils les lui mettront quand ils l'enfermeront dans son cercueil.

J'ai regardé le lustre en verre opaque avec une tige de laiton qui pendait du plafond. Pourquoi cette pièce était-elle si moche ? Quand quelqu'un meurt, il devrait avoir une pièce splendide. Moi, je mourrais dans ma chambre.

– Grand-mère, je dois y aller… Je voulais l'embrasser. Peut-être était-ce la dernière fois que je pouvais le faire. Je lui ai demandé : – Je peux te prendre dans mes bras ?

Grand-mère a ouvert les yeux et elle a fait signe que oui.

Je l'ai serrée doucement, en écrasant mon visage sur son oreiller et en sentant l'odeur piquante des médicaments, de la lessive de la taie et celle, âpre, de sa peau. – Il faudrait que je… Il faut que j'aille faire mes devoirs. Je me suis relevé.

Elle m'a pris le poignet et a soupiré. – Raconte-moi quelque chose… Lorenzo. Comme ça, je ne penserai pas à ma douleur.

– Quoi, grand-mère ?

– Je ne sais pas. Ce que tu veux. Une belle histoire.

– Mais, là maintenant ? Olivia m'attendait.

– Si tu n'en as pas envie, ce n'est pas grave…

– Mais, vraie ou inventée ?

– Inventée. Emmène-moi ailleurs.

Une histoire, en fait, j'en avais une. Je l'avais imaginée un matin à l'école. Mais mes histoires, je les gardais pour moi, car si je les racontais, elles se flétrissaient tout de suite comme les fleurs des champs coupées et je ne les aimais plus.

Mais, cette fois, c'était différent.

Je me suis mieux installé sur le tabouret. – Alors, cette histoire… Grand-mère, tu te souviens du petit robot que tu as dans la piscine à Orvieto ? Le jaune et violet qui sert à la nettoyer ? Eh ben, ce petit robot, à l'intérieur, il a une espèce de cerveau électronique qui apprend comment est fait le fond du bassin, comme ça il peut bien le nettoyer, sans passer toujours au même endroit. Tu t'en souviens, grand-mère ? Je n'arrivais pas à savoir si elle dormait, si elle était réveillée.

– Le héros de cette histoire, c'est un petit robot nettoie-piscine. Il s'appelle K_{19}, comme les sous-marins russes. Alors… Un jour, en Amérique, tous les généraux et le président des États-Unis se réunissent pour savoir comment éliminer Saddam Hussein. Ils ont essayé tous les moyens possibles pour le zigouiller. Sa villa est une forteresse dans le désert, il a des missiles sol-air qui se déclenchent dès qu'approchent les fusées américaines et les font exploser en plein ciel. Le président de l'Amérique, il est désespéré, s'il n'extermine pas Saddam illico, on le vire. Si, d'ici dix minutes ses généraux ne trouvent pas un moyen de supprimer le dictateur, il les envoie tous en Alaska. À un moment donné se lève un général, un type minuscule, expert en ordinateurs, qui ne parle jamais parce qu'il compte pour du beurre, et il dit qu'il a une idée. Tout le monde secoue la tête mais le président lui demande de parler. Le nabot commence à expliquer que Saddam n'achète rien par peur des bombes cachées. Une fois, il avait commandé un ananas et dedans il y avait une bombe qui a assassiné son cuisinier. Et donc, tout ce qu'il a dans sa villa, il se le fait construire dans ses souterrains. Télévisions, magnétoscopes, réfrigérateurs, ordinateurs, tout. Cependant, il y a une chose qu'il n'arrive pas à construire et qu'il est obligé d'acheter à l'extérieur. Les petits robots nettoie-piscine. La piscine de Saddam est si grande que son petit robot se perd et le vent du désert n'arrête jamais et il apporte du sable dans la piscine. Les meilleurs, ceux qui sont capables de nettoyer une piscine aussi énorme que la sienne, on les fait seulement en Amérique.

Je suis resté silencieux.

– T'as compris, grand-mère ?

Elle ne répondait pas. Tout doucement, j'ai essayé de retirer ma main.

– Continue… a-t-elle murmuré.

– Saddam allait se baigner avec ses douze femmes et il trouvait toujours le fond tout dégoûtant. Donc, à la fin, même si c'est dangereux, il décide d'en commander un en Amérique par courrier. Il le fait acheter par un de ses aides de camp, comme ça il n'y a pas de soupçons. Seulement, la CIA a intercepté le coup de fil. L'usine doit lui en expédier un la semaine prochaine. Le général rase-mottes dit qu'il a eu une idée géniale. Il prendra le petit robot et il le modifiera. Il y introduira un ordinateur super intelligent qu'il vient d'inventer et il le programmera pour abattre Saddam Hussein. Il sera équipé de mini-fusées atomiques, de piles produisant deux mille volts d'électricité et il pourra même lancer des fléchettes empoisonnées. Le président des États-Unis est tout content. C'est une idée magnifique. Il dit au nabot de se mettre immédiatement au boulot. Le nabot va dans l'usine des petits robots, il en prend un et il travaille dessus toute la nuit. Il met dedans l'ordinateur et il le programme pour zigouiller Saddam, et aussi, par acquit de conscience, quiconque se baignera dans la piscine. Quand il a fini, il est crevé mais le petit robot est parfait, on dirait un petit robot pareil à tous les autres. Son nom de code est K_{19}. Seulement voilà, au matin le gars des expéditions débarque et il se trompe. Il croit que c'est celui qui vient d'être réparé pour une famille vivant près de Los Angeles. Alors, il l'emballe et il l'envoie. Quand elle le reçoit, la famille le prend et le met dans la piscine. K_{19} commence à nettoyer le fond, il sait faire ça aussi très bien. Mais quand le papa et ses enfants se baignent, ils sont tués sur le coup par une décharge électrique qui les carbonise tous.

– Mais c'était qui ? Les neveux des Finotti ? Grand-mère avait levé la tête de son oreiller.

– C'est qui, les Finotti ? ai-je demandé.

– Marino Finotti, l'ingénieur de Terni... Ils n'étaient pas morts dans leur piscine ?

– Mais nooon, eux, c'est des Américains, rien à voir avec Terni.

– Tu es sûr ? Elle commençait à s'agiter.

– Oui, grand-mère, t'inquiète. J'ai recommencé à raconter. – Alors... le petit robot attend deux jours, les cadavres flottent, mais Saddam n'arrive toujours pas, alors, comme il est intelligent, le petit robot comprend qu'on doit l'avoir mis dans la mauvaise piscine. Avec ses chenilles adhérentes, il monte le long des côtés et il sort à la recherche d'une nouvelle piscine. Dans la zone où on l'a expédié, en Amérique, grand-mère, c'est plein de piscines, chaque maison en possède une, il y en a des tas et des tas, des millions, et lui, il commence à passer de l'une à l'autre, liquidant tous ceux qui se baignent, à la recherche de Saddam. Quand il trouve un autre petit robot K_{19}, il le désintègre et il nettoie la piscine. Il fait un massacre. La moitié de la Californie est exterminée. L'armée se pointe. Elle envoie contre lui tous ses soldats, ils tirent au laser, mais y a rien à faire. À la fin, on appelle les avions qui commencent à bombarder la Californie. K_{19} est touché, une de ses chenilles est cassée, il fait des embardées mais ne renonce pas. Il sort et il se met à foncer sur l'autoroute, poursuivi par des chars d'assaut qui lui tirent dessus. K_{19} est en miettes. Son moteur fait un bruit étrange et il a épuisé son stock d'armes. Il arrive au bout de la rue et il se trouve face à la piscine la plus grande qu'il ait jamais vue et l'eau est dégoûtante et il y a des vagues. Pendant ce temps-là, l'armée avance. K_{19} regarde la piscine, elle est si vaste qu'il en voit même pas la fin. Le soleil se couche dedans et il y a d'énormes matelas pneumatiques. Personne ne lui a expliqué qu'il s'agit de la mer et que ce ne sont pas des matelas pneumatiques mais des navires. K_{19} ne sait pas quoi faire. Il se demande s'il pourra jamais nettoyer cette piscine sans fin. Pour la première fois, il a peur. Arrivé au bout du quai, il se retourne, l'armée est là. Il est sur le point de combattre, mais il se ravise, il fait un bond et se jette à la mer et il disparaît. J'avais la bouche sèche. J'ai pris la bouteille d'eau sur la table de chevet et je m'en suis versé un verre.

Grand-mère ne bougeait pas, elle s'était endormie. L'histoire, elle l'avait trouvée nulle.

Je me suis levé mais grand-mère a murmuré : – Et après ?

– Comment ça, et après ?

– Comment ça finit ?

Ben, c'était fini. Basta. Moi, cette fin, elle me paraissait bonne.

Et puis moi, je détestais les fins. Dans les fins, les choses doivent toujours s'arranger, en bien ou en mal. Moi, j'aimais raconter des histoires de batailles entre extraterrestres et terriens, sans raison précise, de voyages dans l'espace à la recherche du néant. Et j'aimais les animaux sauvages qui vivent sans se demander ni pourquoi ni comment, sans savoir qu'ils vont mourir. Ça me fichait en rogne que, après un film, papa et maman discutent toujours de la fin, comme si l'histoire se résumait à ça et que le reste compte pour zéro.

Et alors, dans la vraie vie, là aussi, y a que la fin qui est importante ? La vie de grand-mère Laura, elle comptait pour rien et y avait que sa mort dans cet hôpital affreux qui était importante ?

Après tout, peut-être bien qu'il manquait quelque chose à l'histoire de K_{19}, mais l'idée du suicide en mer me plaisait bien. J'allais lui dire que c'était fini, quand, soudain, j'ai trouvé une autre fin.

– Attends, la voilà, la fin. Deux ans plus tard, y a des scientifiques qui sont sur la plage d'une île tropicale, la nuit, dans la lumière de la pleine lune. Ils sont cachés derrière une dune avec des jumelles et ils observent le rivage. Tout à coup, des tortues marines sortent de l'eau pour venir pondre. Elles grimpent sur le sable, elles font un trou avec leurs pattes et elles y déposent leurs œufs. Et K_{19}, il débarque lui aussi. Il est tout couvert d'algues et de moules. Il se hisse lentement sur la plage et avec ses chenilles il creuse un trou profond, il le couvre et puis il retourne à la mer en même temps que les tortues. La nuit d'après, des tas de bébés tortues sortent du sable. Et d'un trou, sortent aussi des tas de mini K_{19}, comme des chars d'assaut en jouets, et ils s'en vont vers la mer en même temps que les bébés tortues. J'ai repris mon souffle. – Voilà, c'est fini. T'as aimé ?

Grand-mère, les yeux fermés, a fait oui de la tête et à ce moment-là la porte de la chambre s'est ouverte en grand sur une infirmière, portrait craché de John Lennon, un plateau de médicaments dans les mains. Elle ne s'attendait pas à trouver quelqu'un et elle était toute décontenancée.

Nous nous sommes fixés pendant une seconde, puis j'ai bredouillé un salut et je me suis sauvé.

9.

Le Cercopithèque errait à la dérive dans la cour.

Je l'observais, de l'autre côté de la rue, caché derrière une grosse poubelle. De temps en temps, il donnait un coup de balai puis il se bloquait, comme si on lui avait coupé le courant.

Quel idiot, je n'avais pas pris mon portable, donc je ne pouvais pas le rouler comme la dernière fois. J'étais resté trop longtemps auprès de grand-mère, il fallait encore deux heures avant que la loge ferme. Et Olivia qui m'attendait.

Au bout d'un quart d'heure, est arrivé M. Caccia, l'ingénieur du quatrième étage. Puis, Nihal est sorti de l'immeuble avec les bassets et il s'est mis à bavarder, près de la fontaine, avec le Cercopithèque. Tous les deux, ils ne s'aimaient pas. Mais le Cercopithèque avait un parent qui travaillait dans une agence de voyages et il procurait des billets d'avion à prix spéciaux aux Sri-Lankais du quartier.

À force de rester debout, caché derrière la grosse poubelle, je commençais à avoir mal aux jambes. Je me maudissais de ne pas avoir pris mon portable.

Et pour finir, Giovanni le facteur a lui aussi débarqué. Grand ami de Nihal. Tous les trois se sont mis à discuter et ça n'en finissait plus. Les pauvres bassets qui voulaient aller pisser les regardaient, découragés.

Bon, c'était trop long, je devais faire quelque chose. S'ils me chopaient, tant pis.

Je me suis éloigné et j'ai traversé la rue. Puis, en courant, je suis arrivé face au mur de mon immeuble. Il était haut, mais un vieux bougainvillier tout tordu s'étirait jusqu'au sommet.

– Forza Roma, alors… Qu'est-ce que vous voulez que je vous dise, soupirait le Cercopithèque.

– Cette fois, ça va chier. Totti s'est repris. Bon allez, ciao… a dit Giovanni.

Oh mon Dieu, il allait sortir. Je me suis agrippé et une épine m'a troué la main. J'ai serré les dents, je me suis hissé sur le mur et, en un saut maladroit, j'ai atterri dans le jardin de la mère Barattieri.

J'ai couru jusqu'à l'immeuble, priant pour que personne ne me voie et je me suis plaqué contre le mur.

La fenêtre qui donnait sur l'entresol du Cercopithèque était entrouverte.

Au moins une chose qui tournait rond aujourd'hui.

Je l'ai ouverte en grand et, en me tenant au chambranle, je me suis laissé tomber dans la pénombre. J'ai allongé les jambes en quête d'un appui et une chaleur terrible m'a enveloppé le pied droit. Réprimant un hurlement, je me suis affalé sur la gazinière et de là, le cul en premier, par terre.

J'avais plongé ma chaussure dans une marmite de pâtes aux lentilles qui, heureusement, était éteinte et en train de refroidir.

Je me suis relevé, me massant les fesses.

Les lentilles étaient répandues partout, comme si une bombe avait explosé.

Et maintenant ? Si je ne nettoyais pas, le Cercopithèque verrait tout ce bordel et il penserait…

J'ai souri.

Bien sûr, il penserait que les bohémiens étaient de nouveau entrés chez lui.

J'ai regardé autour de moi. Il me fallait lui voler un truc.

Mon regard est tombé sur une statue de Padre Pio qui ressemblait à un missile. Elle était recouverte d'une fine poudre luisante qui changeait de couleur selon le temps.

Je l'ai prise et je m'apprêtais à sortir, mais je suis revenu sur mes pas et j'ai ouvert le frigo.

Des fruits, un bol de riz blanc et un pack de six bières.

J'ai pris les bières. Quand je suis sorti de la loge, le

Cercopithèque était encore dans la cour, en train de discuter avec Nihal.

En boitillant et une chaussure à la main, j'ai parcouru l'escalier qui menait à la cave. J'ai tourné la clé et j'ai ouvert la porte en grand. – Regarde... J'ai des biè...

La statue de Padre Pio m'a glissé des mains et s'est désintégrée sur le sol.

Olivia était étendue sur mon lit, jambes écartées. Un bras jeté sur l'oreiller. Un filet de salive coulait sur son menton.

Je me suis mis une main sur la bouche. – Elle est morte.

Toutes les armoires étaient béantes, tous les tiroirs ouverts, tous les vêtements balancés n'importe comment, les cartons éventrés. Sous le lit, des flacons de médicaments vides.

Tout en continuant à fixer ma sœur, je me suis traîné vers le divan.

J'ai touché mes tempes, elles pulsaient, un vrombissement dans les oreilles m'étourdissait et j'avais mal aux yeux.

J'étais si fatigué, jamais de ma vie je ne m'étais senti aussi fatigué, chaque fibre de mon corps était fatiguée et m'implorait de me reposer, de fermer les yeux.

Oui, c'était mieux si je dormais un peu, juste cinq minutes.

J'ai enlevé l'autre chaussure et je me suis allongé sur le divan. Je suis resté là, je ne sais pas combien de temps, à fixer ma sœur et à bâiller.

C'était une tache sombre étendue sur le lit bleu. Je pensais à son sang immobile dans ses veines. Au sang rouge qui devient noir, dur comme une croûte et puis qui devient poussière.

Les doigts de la main d'Olivia bougeaient par à-coups, comme les pattes des chiens quand ils rêvent.

J'ai essayé d'accommoder ma vue, les yeux me piquaient.

Je me trompais. C'était juste mon imagination.

Puis elle a bougé un bras.

Je me suis levé, j'ai couru vers elle et j'ai commencé à la secouer. Je ne me souviens pas de ce que je lui disais, je me rappelle juste que je l'ai soulevée du lit, que je l'ai serrée dans mes bras et que j'ai pensé que je devais l'emmener dehors et que j'étais assez fort pour la tenir dans mes bras, comme si c'était un chien blessé et marcher avec elle dans mes bras sur la via Aldrovandi, la via delle Tre Madonne, l'avenue Bruno Buozzi…

Olivia a commencé à parler à voix basse.

– Tu es vivante ! Tu es vivante ! ai-je balbutié.

Je ne comprenais pas ce qu'elle disait.

J'ai mis une main derrière sa nuque et j'ai approché encore plus mon oreille.

– Quoi ? Qu'est-ce que tu as dit ?

Elle a gargouillé : – … des somnifères…

– Combien tu en as pris ?

– Deux cachets.

– Tu vas bien ?

– Oui. Elle ne réussissait pas à tenir droite sa tête. – Beaucoup mieux… La comtesse avait un tas de médicaments. Des bons trucs… Je vais dormir encore un peu.

Ma vue s'est voilée de larmes. – D'accord.

Je lui ai souri. – Dors. Fais de beaux rêves.

Je l'ai allongée sur le lit et j'ai posé une couverture sur elle.

10.

Pendant deux jours, ma sœur a continué à dormir, ne se réveillant que pour faire pipi et boire. Moi, j'ai rangé la cave, j'ai tué le monstre et j'ai fini *Soul Reaver*. J'ai attaqué la lecture de *Salem*. Je lisais des histoires de métamorphoses vampiriques, de maisons ensorcelées, de gamins courageux capables d'affronter les vampires et mon regard revenait sur ma sœur qui dormait, enveloppée dans une couverture. Je sentais que, dans ma tanière, elle était protégée, cachée, que personne ne pouvait lui faire de mal.

Ma mère m'a appelé. – Alors, comment ça va ?

– Tout va bien.

– Tu n'appelles jamais. Si ce n'est pas moi qui t'appelle… Tu t'amuses bien ?

– Beaucoup.

– Tu es triste de devoir rentrer demain ?

– Oui, un peu…

– Vous partez à quelle heure ?

– Tôt. On se lève et on part.

– Et aujourd'hui, qu'est-ce que vous allez faire ?

– On va skier. Tu sais qui j'ai rencontré sur la piste de la Tofana ?

– Non.

J'ai regardé ma sœur. – Olivia.

Un instant de silence. – Olivia ? Olivia qui ? Ta demi-sœur ?

– Oui.

– Incroyable… Elle est passée ici il y a quelques jours pour chercher des affaires. Maintenant je comprends, elle avait peut-être besoin de vêtements pour la montagne. Mais comment va-t-elle ?

– Bien.

– Ah bon ? Je n'aurais pas cru. Papa a dit qu'elle traverse une mauvaise passe… Pauvre petite, c'est une fille qui a des tas de problèmes, j'espère vraiment qu'elle trouvera sa voie…

– Mais toi, maman, tu l'aimes bien ?

– Moi ?

– Oui.

– Oui, je l'aime bien mais ce n'est pas facile d'avoir affaire à elle. Mais toi, tu te comportes comme il faut ? Tu es sage avec la mère d'Alessia ? Tu aides à la maison ? Tu fais ton lit le matin ?

– Oui maman.

– Je l'ai trouvée charmante, la mère d'Alessia. Salue-la pour moi et remercie-la encore.

– Oui... Écoute, faut que j'y aille, là...

– Je t'aime, mon lapin.

– Moi aussi... Au fait, la mère d'Alessia m'a dit que c'est elle qui me ramènera à la maison quand on sera arrivés.

– Parfait. Quand vous entrez dans Rome, appelle-moi.

– D'accord. Ciao.

– Ciao mon trésor.

Olivia, cheveux mouillés et peignés en arrière, vêtue d'une robe à fleurs de la comtesse, était assise sur le divan et se frottait les mains. – Alors, on va la fêter comment, notre dernière soirée ?

Après tout ce sommeil, elle allait beaucoup mieux. Son visage était détendu et elle disait que les jambes et les bras lui faisaient moins mal.

– Un petit dîner ? ai-je dit.

– Va pour le petit dîner. Et qu'est-ce que tu me proposes de bon ?

– Eh ben... J'ai regardé ce qui restait dans le garde-manger. – On a presque tout bouffé. Du thon et des artichauts à l'huile ? Et comme dessert, des gaufrettes ?

– Parfait.

Je me suis levé et j'ai ouvert l'armoire. – J'ai une surprise... Je lui ai montré les bières.

Olivia a écarquillé les yeux. – T'es génial ! Mais où tu les as trouvées ?

J'ai souri. – Chez le Cercopithèque. Je les lui ai piquées quand je suis revenu de l'hosto. Elles sont chaudes…

– Pas grave. Je t'adore, a-t-elle dit et elle a pris un couteau suisse, en a décapsulé deux et m'en a passé une.

– Moi, la bière, j'aime pas ça…

– Pas grave. Faut qu'on fête. Elle s'est accrochée au goulot et en une gorgée, elle a sifflé la moitié de la bouteille. – Bon Dieu que c'est bon, la bière.

Moi aussi j'ai bu et j'ai fait semblant de ne pas trouver ça dégueulasse.

On a dressé la petite table avec une nappe trouvée dans le linge de la comtesse. Nous avons allumé une bougie et on a liquidé tous les artichauts et les deux boîtes de thon. En guise de dessert, les gaufrettes.

Après, le ventre plein, on s'est jetés sur le divan dans l'obscurité de la cave, les pieds sur la petite table. La flamme de la bougie les éclairait. Ils étaient pareils. Blancs, longs, avec des orteils maigres.

Olivia a allumé une Muratti. Elle a soufflé un nuage de fumée. – Dis-moi, tu te souviens quand on allait en vacances à Capri ?

La bière m'avait délié la langue. – Pas vraiment. Je

me rappelle juste qu'il y avait un tas de marches à monter. Et qu'il y avait un puits d'où sortaient des lézards. Et des grands citronniers.

– Et tu te souviens pas quand ils t'ont balancé à la flotte ?

Je me suis tourné pour la regarder. – Non.

– On était sur le hors-bord de papa, au large des Faraglioni.

– Le hors-bord, je l'ai vu en photo. Il était tout en bois brillant. Il s'appelait le *Sweet Melody II.* Il y a même une photo où papa fait du ski nautique.

– C'était un marin qui le pilotait, tout bronzé avec des cheveux frisés et une chaîne en or. Toi, tu étais terrorisé par l'eau. Dès que tu voyais la plage, tu hurlais si on ne te mettait pas tes brassards. Tu ne montais même pas sur le ferry si tu ne les avais pas. Bref, ce jour-là, nous étions en pleine mer et tout le monde se baignait, et toi, tu étais accroché à l'échelle comme un crabe et tu nous regardais. Si quelqu'un te proposait de te baigner toi aussi, tu devenais fou. Et puis on a pêché des oursins et on les a mangés avec du pain. Papa et le marin avaient bu beaucoup de vin, et le marin a raconté que, pour ôter la peur de l'eau à leurs mômes, eux ils les balançaient à la mer sans brassards ni bouée. Ils se noient un peu, mais après, ils se mettent tous à nager. Toi tu étais à la poupe dans le cockpit en train de jouer à tes jeux, ils sont arrivés derrière toi, ils t'ont enlevé tes brassards et toi tu te débattais, tu hurlais comme si on était en train de t'écorcher vif, moi je leur disais de te laisser tranquille, mais ils ne m'écoutaient pas. Et puis après, eh ben, ils t'ont foutu à la baille.

Je l'écoutais, incrédule. – Et ma mère, elle a rien fait ?

– Elle y était pas, ce jour-là.

– Et alors, qu'est-ce qui s'est passé ?

Elle a souri. – T'as coulé à pic. Papa a plongé pour te récupérer. Mais un instant après, tu as ressurgi hors de l'eau en hurlant comme si tu avais été mordu par un requin. Tu t'es mis à battre des bras... et tu as nagé.

– Vraiment ?

– Oui, comme un petit chien, les yeux exorbités, tu t'es agrippé à l'échelle et tu as bondi hors de l'eau comme si tu avais été plongé dans de la lave.

– Et alors ?

– Et alors tu as couru dans la cabine et tu t'es recroquevillé sur ta couchette en tremblant et en respirant la bouche ouverte. Papa essayait de te calmer, il disait que t'étais très fort, que t'étais un grand nageur, que tu n'avais plus besoin de tes brassards. Mais toi, t'arrêtais pas de pleurer. Tu lui hurlais de s'en aller.

– Et alors ?

– Tu t'es endormi d'un coup. Tu t'es écroulé

comme si on t'avait anesthésie Jamais vu une chose pareille.

– Et toi… qu'est-ce que t'as fait ?

– Moi je me suis assise à côté de toi. Et puis le hors-bord s'est mis en route. Et toi et moi, on est restés dans la cabine avec l'odeur de la sentine et tout qui vibrait et claquait autour de nous.

– Moi et toi ?

– Oui. Elle a tiré une taffe sur sa cigarette. – Toi et moi.

– C'est bizarre, je me souviens de rien. Papa m'en a jamais parlé.

– Ben, évidemment, il avait fait une connerie… Et si ta mère le savait, elle le boufferait tout cru. Mais maintenant, tu nages ?

J'ai haussé les épaules. – Oui.

– Et t'as pas peur de l'eau ?

– Non. Et même, pendant quelque temps, j'ai fait natation à l'école. Mais j'ai arrêté, l'eau qui me rentre dans les oreilles, ça m'empêche de penser. La piscine, je déteste ça.

Olivia a éteint sa cigarette dans la boîte de thon. – C'est quoi, la chose que tu détestes le plus au monde ?

Il y en avait beaucoup. – Peut-être les fêtes-surprises. Il y a deux ans, ma mère m'en a fait une. Tous ces gens qui me souhaitaient bon anniversaire.

Un cauchemar. Et même le jour de l'an, j'aime pas trop ça. Et toi ?

– Moi… Laisse-moi réfléchir. Moi je hais les mariages.

– Ouais, moi aussi, je déteste ça.

– Attends ! Olivia s'est levée. – Regarde ce que j'ai trouvé. Elle a pris une valise carrée rouge. Elle l'a ouverte. Dedans il y avait un tourne-disque. – Qui sait s'il marche encore.

On a branché la prise et le plateau tournait. Elle s'est mise à farfouiller dans un carton plein de disques. – Nooon… Regarde-moi ça, quelle merveille ! Elle a sorti un quarante-cinq tours et me l'a montré. – J'adore cette chanson. Elle l'a placé sur le tourne-disque et en même temps que Marcella Bella, elle s'est mise à chanter d'une voix incertaine : – Je me rappelle les montagnes vertes et les balades d'une petite fille avec mon ami le plus sincère, un lapin au museau noir…

J'ai baissé le volume. – Doucement… Doucement… On pourrait nous entendre. La mère Barattieri. Le Cercopithèque…

Mais Olivia n'écoutait pas. Elle dansait sous mon nez en ondulant de tout son corps et elle chantait à voix basse. – Puis un jour, le train m'emporta, l'herbe verte, les prairies et tout ce qui était à moi, tout ça disparaissait…

Elle m'a attrapé les mains, et, me regardant de ses

yeux liquides, elle m'a attiré vers elle. – Mon destin est d'être près de toi, avec toi près de moi, je n'aurai plus peur, et je redeviendrai une enfant.

J'ai soupiré et, rouge de honte, je me suis mis à danser. La voilà la chose que je détestais le plus au monde. Danser.

Mais ce soir-là, j'ai dansé et tandis que je dansais, une sensation nouvelle, d'être vivant, me coupait le souffle. Dans quelques heures, je sortirais de cette cave. Et tout serait de nouveau pareil. Et pourtant, je savais que, au-delà de cette porte, il y avait le monde qui m'attendait et que je pourrais parler avec les autres comme si j'étais un des leurs. Décider de faire les choses et puis les faire. Je pouvais partir. Je pouvais aller en pension. Je pouvais changer les meubles de ma chambre.

La cave était sombre. J'entendais la respiration régulière de ma sœur allongée sur le divan.

Elle s'était tapé cinq bouteilles de bière et un paquet de Muratti.

Je n'arrivais pas à m'endormir. J'aurais voulu parler encore et encore, je repensais à mon larcin chez le Cercopithèque, à quand j'avais vu les autres partir pour la semaine de ski, au dîner avec les bières et à ma sœur et moi qui bavardions comme des grands, qui dansions sur *Montagnes vertes*.

– Olivia, ai-je murmuré.

Elle a mis un moment avant de me répondre. – Oui.

– Tu dors ?

– Non.

– Qu'est-ce que tu vas faire quand on sortira d'ici ?

– Je sais pas... Je vais peut-être partir.

– Pour aller où ?

– J'ai une espèce de fiancé qui vit à Bali.

– Bali ? En Indonésie ?

– Oui. Il enseigne le yoga et il fait des massages dans un endroit au bord de la mer plein de cocotiers. Il y a un tas de poissons de toutes les couleurs. Je veux essayer d'être sa femme, pour de vrai. Si lui il le veut...

– Sa femme, ai-je murmuré, la bouche sur l'oreiller.

Il avait de la chance, ce gars-là. Il pouvait dire : « Olivia est ma femme. » J'aurais voulu aller moi aussi à Bali. Prendre l'avion avec Olivia. Et rire en faisant la queue à l'enregistrement, sans avoir besoin de nous parler. Elle et moi qui nous envolons vers les poissons de toutes les couleurs. Et Olivia dirait à son fiancé : « C'est Lorenzo, mon frère. »

– Comment il s'appelle, ton fiancé ? ai-je demandé en ayant du mal à parler.

– Roman.

– Il est sympa ?

– Je suis sûre qu'il te plairait.

C'était chouette qu'Olivia me connaisse assez pour savoir que son fiancé me plairait.

– Écoute, faut que je te dise un truc… Moi, j'ai dit que j'allais skier à Cortina parce que j'ai monté un bateau. J'étais au collège et j'ai entendu des copains de classe dire qu'ils partaient skier. Moi, ils m'avaient pas invité. Tu sais, moi, j'en ai rien à foutre de faire des sorties avec les autres. Eh ben, au lieu de ça, je suis rentré à la maison et j'ai dit à maman que moi aussi j'avais été invité. Et elle, elle y a cru, et elle était toute contente et elle s'est mise à pleurer, et j'ai plus eu le courage de lui dire la vérité, et du coup, je me suis caché ici. Tu sais quoi ? Depuis ce jour-là, j'ai pas arrêté de chercher à comprendre pourquoi je lui avais raconté ce bobard.

– Et tu as compris ?

– Oui. Parce que je voulais y aller. Parce que je voulais skier avec eux, moi je skie vachement bien. Parce que je voulais leur faire découvrir des pistes secrètes. Et parce que j'ai pas d'amis… Et que je voulais être un des leurs.

J'ai entendu qu'elle se levait.

– Fais-moi de la place. Je me suis poussé et elle s'est allongée à côté de moi et elle m'a serré très fort dans ses bras. J'ai senti ses genoux décharnés. Je lui ai posé une main sur le flanc, je pouvais compter ses côtes, puis je lui ai caressé le dos. Sous mes doigts, ses vertèbres pointues. – Olivia, tu me fais une promesse ?

– Quoi ?

– De plus te droguer. Jamais plus.

– Je te le jure sur le bon Dieu. Jamais plus. Je vais plus retomber dans cette merde, m'a-t-elle murmuré à l'oreille. – Et toi, idiot, tu me promets qu'on se reverra ?

– Je te le promets.

Quand je me suis réveillé, ma sœur s'en était allée. Elle m'avait laissé un mot.

Cividale del Friuli
12 janvier 2010

Je bois une gorgée de café et je relis le billet.

Cher Lorenzo,

Je me suis rappelé une autre chose que je déteste, ce sont les adieux et donc je préfère filer avant que tu te réveilles.

Merci de m'avoir aidée. Je suis heureuse d'avoir découvert un frère caché dans une cave.

N'oublie pas de tenir ta promesse.

Ton Oli

P.S. : Gaffe au Cercopithèque

Aujourd'hui, dix ans plus tard, je vais la revoir pour la première fois depuis cette nuit-là.

Je replie le billet et le remets dans mon portefeuille. Je prends ma valise et sors de l'hôtel.

Moi et toi

Il souffle un vent glacial mais un soleil pâle a percé les nuages et il me réchauffe le front. Je relève le col de ma veste et traverse la rue. Ma valise à roulettes fait du bruit sur les pavés.

C'est ça la vie. J'entre sous un porche en pierre qui donne sur une cour carrée pleine de voitures.

Un concierge m'indique où aller. J'ouvre la porte vitrée.

– Vous désirez ?

– Je suis Lorenzo Cuni.

Il me fait signe de le suivre le long d'un couloir. Il s'arrête devant une porte. – C'est là.

– Ma valise ?

– Laissez-la ici.

La pièce est grande, tout entière carrelée de blanc.

Il fait froid.

Ma sœur est étendue sur une table. Un drap la recouvre jusqu'au cou. Je m'approche. J'ai du mal à mettre un pied devant l'autre.

– C'est elle ? Vous la reconnaissez ?

– Oui… C'est elle. Je m'approche encore un peu. – Comment avez-vous fait pour me retrouver ?

– Dans le portefeuille de votre sœur, il y avait une feuille avec votre numéro.

– Je peux rester avec elle ?

– Cinq minutes. Il sort et referme la porte.

Je soulève le drap et prends sa main jaunâtre. Elle est aussi maigre que dans la cave. Son visage est détendu et elle est toujours très belle. On dirait qu'elle dort.

Je me penche sur elle et je mets mon nez dans son cou.

Olivia Cuni est née à Milan le 25 septembre 1976 et elle est morte dans le bar de la gare de Cividale del Friuli le 9 janvier 2010 d'une overdose. Elle avait trente-trois ans.

Table

Composition Interligne
Loncin

Cet ouvrage a été imprimé
en juin 2012 par

FIRMIN-DIDOT

27650 Mesnil-sur-l'Estrée
N° d'édition : 51552/01
N° d'impression : 113166
Dépôt légal : août 2012

Imprimé en France